KB179804

마시지
않을 수 없는
밤이니까요

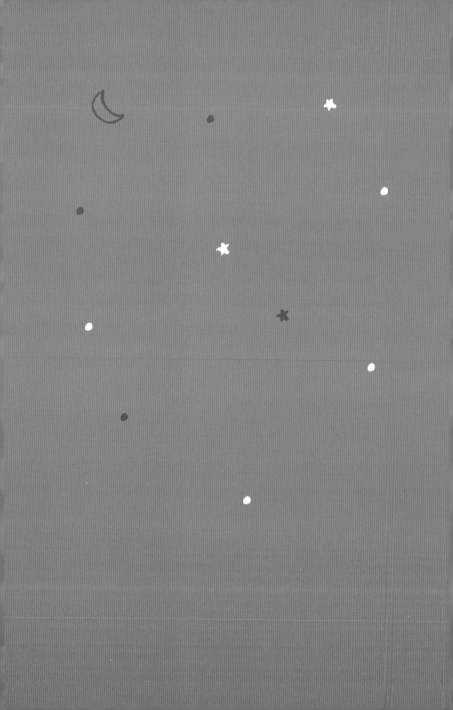

마시지
않을 수 없는
밤이니까요

정지아 에세이

마디
북

일러두기

이 책은『표준국어대사전』을 기준으로 삼아 한글맞춤법을 통일하였으나,
원고의 의도와 글맛을 살리기 위해 최대한 저자의 표현을 살렸습니다.

목차

1부

2부

3부

4부

1부

나는 너의 정체를
알고 있다

오래전, 부모님 이야기를 『빨치산의 딸』이라는 실록으로 쓰고 수배를 당했다. 책을 출판한 사장은 실형을 선고받았다. 이적표현물 제작만이었으면 굳이 도망 다니지 않았을 것이다. 그 전에 사노맹(남한사회주의노동자동맹의 약칭)이라는 조직의 기관지 〈노동해방문학〉 기자로 2년 정도 일했는데, 그 조직이 반국가단체로 몰려 전 조직원에게 수배령이 내렸다. 함께 일하던 친구 대부분이 붙잡혀 7년 이상의 실형을 선고받았다.

나는 수배령이 내리기 직전 이런저런 이유로 조직을 탈퇴한 상태였다. 20세기, 사회주의는 잔인한 자본주의의 기적과 같은 대안이었다. 사회주의 덕분에 자본주의는 약자를 위한 최소한의 제도를 마련하면서 비로소 인간의 얼굴을 띨 수 있었다. 사회주의를 선택한 나라들의 미래는 달랐다. 나는 베를린 장벽이 무너지는 모습을 보면서 더 이상 사회주의가 더 나은 미래를 위한 대안이 될 수 없다는 사실을 뼈저리게 깨달았다. 그런데도 나는 감옥 대신 도피 생활을 선택했다. 내 나이 스물여섯, 감옥에 가서 7년 형을 선고받는다면(그 이상의 형량을 받을 확률도 농후했다) 서른네다섯에나 사회로 복귀하게 될 터였다. 서른네다섯이라니! 스물여섯의 나는 상상도 할 수 없는 나이였다. 허세 쩔었던 문학소녀 시절, 나는 서른셋에 스스로 목숨을 끊겠노라 결심했다. 서른셋, 하나님의 아들 예수가 인간의 육신을 버린 나이, 보잘것없는 내가 그 이상 살아있는 건 오만이라 믿었던 것이다. 실소를 금치 못할 유치한 생각이지만, 아무튼 그때의 나는 그랬고, 서른네다섯에 출소하느니 숨죽여 숨어 사는 편이 나을 것 같았다.

3년 동안 숨어 살았다. 거처는 『남부군』을 쓴 이태 선생이 마련해주었다(빚을 갚을 겨를도 없이 선생은 갑작스레 세상을 떠났다. 죄송할 따름이다). 3년 동안 숨죽여 살았던 잠실 주공1단지, 바퀴벌레 들끓던 그 낡고 비좁은 아파트가 아직도 눈에 선하다. 밤이 되면 단지 내를 배회하고, 낮에는 종일 근처 비디오 가게에서 빌려온 영화를 봤다. 못해도 하루에 서너 편 이상 봤을 것이다. 누군가에게서 얻어온 비디오는 테이프 돌아가는 쪽에 문제가 있어 볼펜으로 누르지 않으면 자꾸만 테이프가 씹혔다. 종일 볼펜으로 누르고 있으니 손가락이며 손목이 성할 리 없었다. 지금도 그때를 생각하면 손가락에 찌르르, 전기가 오르는 듯하다.

그 시절, 나는 엄마보다도 아빠보다도 지리산이 그리웠다. 백운산을 뒷산으로, 지리산을 앞산으로 보고 자란 탓인지 모른다. 서울 살 때도 나는 언제나 산 밑에서 살았다. 집을 고르는 조건의 첫째가 산이었다. 돈 없던 대학원 시절에는 북한산 밑에 살았고, 그 뒤에는 수락산과 불암산이 이어지는 곳에 살았다. 등 뒤에 산이 버티고 있어야 숨이 쉬어졌다. 서울 사방이 산인데 가진 것이라곤 시간밖에 없는 수배자가 왜 산에를 못 갔냐고? 그 시절을 몰라서 하는 소리다. 산에 가면 이렇게 적힌 플래카드나 푯말이 붙어 있었다.

'홀로 가는 저 등산객 간첩인가 다시 보자.'

여자 혼자 산에, 그것도 지리산에 혼자 갔다가는 수많은 등산객이 나를 간첩으로 신고할 판이었다. 산이 그리워 몸살을 앓다 에라 모르겠다, 무작정 용산에서 밤 기차를 탔다. 새벽 다섯 시쯤 구례구역에 내렸다. 부모님을 뵈러 노상 다니던 길이었다. 그러나 수배 중이라 부모님을 뵐 수는 없었다. 어려서부터 내 집같이 드나들던 구례구역은 손님 하나 없이 적막했고, 문을 열고 나가자 운무에 쌓인 섬진강이 나를 반겼다. 바람조차 잠잠한데 코끝이 쨍한 겨울날이었다.

지금은 성삼재까지 버스가 다니고 거기서 걸으면 노고단이 지척이지만 그때는 지리산 종주를 하려면 무조건 화엄사 뒷길로 9킬로미터를 하염없이 올라야 했다. 한겨울에는 잠시만 걸음을 멈춰도 뼛속까지 추위가 스민다. 그러니 걸음을 멈출 수도 없어 하염없이 걷기에 딱 좋다. 혼자 하는 산행, 속도를 낼 필요도 없으니 천천히 하염없이 걸었다. 노고단 직전 코재라는 오르막이 있다. 걸으면 코가 땅에 닿는다 하여 코재다. 코도 땅에 닿고 숨도 턱에 닿는 코스다. 코재만 지나면 이내 노고단이다. 그때 노고단 산장은 아빠 친구이자 지리산 지킴이로 유명한 함태식 씨가 지키고 있었다. 혹시나 알아볼까 싶어 노고단 산장을 그냥 지나쳤다. 내처 걸어 뱀사골 산장에 여장을 풀었다. 거기까지 가는 길에 단 한 명도 만나지 못했는데 산장에 이미 대여섯 명의 등산객이 모여 있었다.

그 시절 지리산 산장은 난방이 되지 않았다. 침낭만 오백 원에 빌릴 수 있었다. 자기 침낭을 가져오는 등산객은 그래도 사는 축에 속했다. 나는 가난했고 당연히 장비가 없었다. 침낭 하나로는 영하 20도가 넘는 산중의 밤을 견딜 자신이 없어 거금 이천 원을 써서 네 개를 빌렸다. 그래도 추웠다. 끓인 물을 플라스틱 수통에 담아 끌어안았다. 조금 낫긴 했지만 여전히 추웠다. 이미 친구가 된 등산객들 몇이 일층 침대에 옹기종기 모여앉아 소주를 마시는 중이었다. 흠, 술이라면 니에게는 페스포드 두 병이 배낭 깊숙이

자리 잡고 있었다. 산중의 추위에는 위스키가 제격이지!

사실 패스포트는 내가 마신 최초의 위스키다. 그날, 지리산에서 위스키를 처음 마셨다. 물론 대학 시절 위스키인줄 알고 캡틴큐를 마시기는 했었다. 캡틴큐는 마시는 누구라도 거의 혼절에 이르게 하는 기적의 술이다. 종일 지끈거리는 두통은 덤이다. 그게 자본주의 종주국 영국의 술, 위스키의 위력인 줄 알았다. 알고 보니 캡틴큐는 기타재제주, 한마디로 화학약품이나 진배없었다. 돈도 없는 수배자 주제에 먹어보지도 않은 패스포트를 지리산행의 동반자로 삼은 이유는 간단하다. 맥주는 한겨울에 먹기에는 너무 차가울 뿐만 아니라 무겁기도 하고, 소주 또한 3박 4일의 일정을 버티려면 그 양과 무게가 만만치 않았다. 독한 위스키라면 두 병으로 3박 4일을 견딜 수 있을 것 같았다.

나는 따뜻한 공기는 위로 올라간다는 대류의 지식을 밑천 삼아 아무도 없는 이층 침대에 둥지를 틀었다. 일 층에 자리 잡은 사람들과 거리를 둘 속셈도 있었다. 누가 뭐래도 나는 수배자니까. 나는 일 층 사람들이 잠들기 전까지 술을 꺼내지 않았다. 술을 꺼냈다가 그들과 어울려야 할지도 모른다는 불안감 때문이었다. 술이 떨어졌다고 아쉬워하던 사람들이 하나둘 잠자리에 들기 시작했다. 누군가의 엄청난 코 고는 소리가 들려온 후에야 나는 조심스럽게 패스포트 한 병을 꺼냈다.

숨죽여 살던 수배자가 숨죽여 패스포트 몇 잔을 들이켜자 비로소 편하게 숨이 쉬어졌다. 나도 모르게 긴 숨을 내쉬었는데 따가운 시선이 느껴졌다. 아래층 남자 하나가 나를 뚫어져라 쳐다보고 있었다. 일회용 종이잔을 손에 든 채 나는 얼음땡이 되었다. 남자가 이내 벌떡 일어나서 소리쳤다.

"그거 술이에요?"

술잔을 손에 든 채, 아니라고는 차마 말할 수 없었다. 말했어야 했는데! 그랬어야 했는데! 사람의 움직임을 감지한 좀비라도 되는 것처럼 술이라는 소리에 코를 골며 잠든 사람들이 벌떡벌떡 몸을 일으켰다. 이런 젠장. 몇 분 지나지 않아 처음 보는 사람들이 나를 중심으로 둥그렇게 모여 앉았다. 사람들은 꼴딱꼴딱 침을 삼키며 내 손에 들린 패스포트를 구세주인 양 집중해서 바라보고 있었다. 긱자의 손에는 코펠이 하나씩 들려 있었다. 이런 젠장. 위스키를 코펠에? 이건 위스키에 대한 예의가 아니잖아!라고도 말하지 못했다. 나는 부들부들 떨며, 그게 추위 탓인 양 애써 감추며 사람들의 코펠에 위스키를 콸콸 따랐다. 술잔이 두어 순배 돌자 나를 제외한 전원이 알딸딸 취했다. 그들은 전작이 있었으니까.

"이것도 인연인데 통성명이나 합시다."

통성명은 개뿔. 내 술이나 축내는 주제에. 입이 댓 발이나 나온 채 나는 아무 가명이나 둘러댔다.

"홍은혜입니다."

막 주워대고 보니 절친의 이름이었다. 그러거나 말거나. 다시는 안 볼 사람들인데 무슨 상관이랴. 그런데 건너편의 누군가 나를 유심히 쳐다보며 고개를 갸웃거렸다.

"아닌데? 정지아 씨 아니에요?"

그때는 순진하여 숨기는 재주도 없었다. 게다가 수배 중 아닌가. 너무 놀란 태가 역력하여 내가 정지아라는 확신을 심어주기에 충분했다.

"나 기억 안 나요? 삼 년 전인가, 서울대에서 노동자의

날 시위 때 만났는데? 그때 지아 씨가 내가 든 화염병 박스 들어줬잖아요?"

"제 이름은 어떻게 아세요?"

"노해문(〈노동해방문학〉의 약칭) 기자였잖아요? 목에 기자 패스 걸고 있었는데? 거기 정지아라고 큼직하게 딱 박혀 있던데?『빨치산의 딸』을 쓴 사람인데 당연히 기억하죠."

이런 젠장. 세상은 이렇게나 좁다. 지리산 뱀사골 산장에서 나의 정체를 아는 사람을 만나다니! 그것도 등산객이라고는 여섯뿐인 한겨울에. 이래서 나쁜 짓 하고는 못 사는 거다.

내가 화염병 박스를 같이 들어줬다는 남자는 대구택시노련 소속이었다. 그제야 사람들이 비식 웃으며 제 숨은 정체를 드러내기 시작했다. 누구는 노래패, 누구는 노조 간부, 뭐 다 그런 식이었다. 다들 나처럼 첫 술자리에서는 제 정체를 감춘 모양이었다. 다들 낄낄거리며 웃었고, 패스포트 두 병은 순식간에 바닥이 났다. 나는 3박 4일의 일용할 양식을 하룻밤에 다 잃었다. 그래도 뭐, 아깝지는 않았다.

영하 20도가 넘는 지리산의 겨울밤, 내 부모는 이런 날에도 무명옷 한 벌만 입은 채 눈밭에서 잠들었다고 했다. 나에게는 이천 원 주고 빌린 침낭이 네 개나 있었고, 옷 사이에 넣은 뜨거운 수통도 있었고, 밤새도록 혈관을 돌며 내 체온을 높여준 위스키도 있었다. 패스포트에 취해 다들 추운 줄도 모르고 기나긴 겨울밤을 따시게 보냈다.

다음 날, 우리는 모르는 사람으로 만났듯 모르는 사람으로 헤어졌다. 흐린 램프 아래 보았던 그들의 얼굴은 지금 전혀 기억나지 않는다. 그들의 코펠 잔에 위스키를 따르던 순간의 안타까움, 나의 정체를 발각당한 순간의 당혹감, 모두가 같은 편, 모두가 위스키에 취했다는 기이한 연대의 식만이 아직도 생생하게 떠오를 뿐이다. 인생 최초의 위스키 패스포트는 내게 지리산의 겨울밤이다. 낯선 이들과 따스히 함께했던.

첫 술은 아빠

고3 겨울방학이었다. 그해 입시에 떨어져 재수를 했지만 아직 합격자 발표가 나지 않은, 시험을 치르고 성적도 나오지 않은, 크리스마스이브였다. 언젠가부터 고향 친구들 몇몇과 올나이트를 했다. 맞는 영어인가? 아무튼 그 무렵에는 친구들과 밤을 새워 노는 것을 올나이트라고 했다. 일 년에 한 번 크리스마스이브에. 멤버는 해마다 들쭉날쭉이었는데, 여자는 나 포함 셋이었다. 내가 서울로 전학 간 뒤 구례에 있는 친구들이 중학교 때부터 시작했시 싶나.

멤버들의 집을 돌아가며 밤을 샜는데, 물론 남자애들의 집이었다. 남자애들 부모는 여자인 우리가 함께 밤새 노는 것에 대해 뒤에서는 욕을 했을는지 몰라도 앞에서는 뭐라 하지 않았다. 상냥하게 밥을 챙겨주고 먹을 것을 챙겨줬다. 문제는 여자애들이었다.

여자애들은 남자애들과 밤새워 논다는 말을 부모에게 꺼내지도 못했다. 허락받지 못할 게 분명하니까. 여자애들은 언제나 우리 집에 간다고 거짓말을 했다. 나는 그 거짓말을 내 부모에게 전달했다.

"아빠. 친구들이랑 하룻밤 놀 건데 선희랑 채경이가 우리 집서 논다고 해달래. 전화 오면 아빠가 알아서 해결해."

내가 이런 이야기를 엄마가 아니라 아빠에게 한 이유는 분명하다. 우리 엄마는 남녀평등을 원해서 사회주의자가 되었지만, 당신 딸을 대하는 마음은 여느 엄마와 조금도 다르지 않았다. 남자애들과 밤을 새워 논다는 걸 받아들일 리 만무했다. 반면 아빠는 진정한 평등주의자였다! 역시 아빠의 대답은 간단명료했다.

"누구 집서 노는디?"

"윤행이네."

윤행이 아버지는 교감인가 교장인가 그랬다. 좁은 동네라 아빠는 그 집안의 사정도 다 알고 있었다.

"먼 일이 생길랑가 모릉게 여그 전화번호 적어놓고 가그라."

그걸로 만사 오케이였다. 뒤이어 폭풍처럼 쏟아지는 엄마의 잔소리는 아빠의 몫이었다. 머리에 피도 안 마른 여자애들이 소문이라도 나면 어쩌려고 남자 집에서 어쩌고 저쩌고, 엄마가 애간장을 녹이거나 말거나 아빠는 근엄하게 단칼에 잘랐다.

"머시매들은 밤새 놀아도 되고 가시내들은 밤새 놀면 안 된당가? 고거이 남녀평등이여? 자네는 진정한 사회주의자가 아니그마!"

아빠 한마디에 엄마의 잔소리가 쏙 들어갔다. 나는 유유히 휘파람을 불며 신작로를 걸어 나가곤 했다.

학생으로는 마지막 크리스마스이브, 친구들은 우리 집에서 모이자고 했다. 우리 집은 방이 두 개뿐이라 잘 데도마땅치 않았다. 엄마는 몸이 약해 여러 사람 밥을 차리기도 힘들었다. 극구 거절했는데 아이들의 요청은 끈질겼다.

"아이, 구례서 평생 살았는디, 반내골은 가보들 못 했어야. 꼭 가보고 잡다."

내 고향 반내골은 구례 사람들도 잘 모르는 '수악한(심하다는 의미의 전라도 사투리)' 촌이었던 것이다. 우리 엄마는, 늘 아파서 우리 식구 밥하는 것도 힘에 부치던 엄마는, 대환영이었다. 밖에서 무슨 짓을 하고 다니나 마음 졸이느니 당신 몸이 좀 힘들더라도 눈앞에서 보는 게 낫다는 속셈인 것을 물론 나는 다 알았다.

크리스마스이브, 정오가 넘어서부터 함박눈이 쏟아지기 시작했다. 하늘이 낮게 내려앉는 모양이 종일 무섭게 퍼부을 기세였다. 아빠는 눈을 맞으며 동네 입구까지 눈을 쓸었다.

"계속 퍼붓는데 지금 쓸어봤자 뭐 하게?"

"발이 푹푹 빠지는 것보담사 낫겄제."

아니나 다를까, 선명한 빗자국 위로 금세 눈이 쌓였다. 아빠는 망부석처럼 눈을 맞고 선 채 아이들을 기다렸다. 발이 시렸지만 그런 아빠를 두고 나 혼자 따뜻한 아랫목에 누워 있을 수는 없어서 곁을 지켰다. 눈이 어찌나 쏟아지는지 한 치 앞이 잘 보이지 않을 정도였다. 하늘과 땅 사이를 온통 하얀 눈송이가 메우고 있는 듯했다. 아이들보다 웃음소리가 먼저 당도했다. 아이들은 토금리 입구에서 내려 눈발을 뚫고 4킬로미터를 걸어오는 중이었다. 그러나 이제 곧 스물이 될 아이들은 추위보다 퍼붓는 눈이 만들어낸 백색 비경에 취해 눈 오는 날의 강아지처럼 잔뜩 흥분한 상태였다.

아이들의 모습이 희끄무레 눈에 들어오자 아빠는 성큼성큼 걸어 나가 말없이 짐을 빼앗았다. 아이들 손에는 과자며 음료수가 가득 들려 있었다. 손이 자유로워진 아이들은 그제야 머리와 어깨에 쌓인 눈을 털어냈다.

아빠가 오후 내내 군불을 지펴놓은 내 방은 엉덩이가 뜨거워 자주 몸을 뒤채야 할 정도였다. 소박한 밥상이었지만 오래 걸은 아이들은 맛있게 밥 한 공기를 뚝딱 해치웠다. 상을 물리고 나자 안방에서 엄마와 아빠가 주고받는 말소리가 들렸다.

"쩌번에 담가논 매실주 쪼까 퍼오소."

"매실주는 멀라고라?"

아빠는 오직 소주만 마셨다. 떨어지는 매실이 아까워 엄마가 정성껏 담가놓은 매실주에는 입도 대지 않았다.

"머흐기는. 애기들 줄라고 글제."

아이들 눈이 휘둥그래졌다. 여러 집을 돌며 올나이트를 했지만 술을 내놓은 집은 없었다.

"아적 애기들인디 술은 무신…"

"누가 애기여? 낼 모레먼 대학생인디."

엄마가 웬일로 군소리 없이 매실주를 뜨러 갔다. 엄마는 작은 주전자에 담긴 매실주와 다슬기 초무침, 동치미(우리 동네서는 싱건지라 부른다), 나물 몇 가지를 안주로 내왔다. 어디 갈 참인지 외투를 입고 나오던 아빠가 술상을 보면서 혀를 찼다.

"고까짓 것을 누구 코에 붙이겄는가. 단지째 갖다주소."

엄마가 아빠를 향해 눈을 흘겼다. 본체만체 아빠는 나를 향해 말했다.

"아이, 광에 술독 있응게 맘대로 갖다 묵어라이."

그러고는 엄마에게 눈짓을 했다. 챙겨 입고 나오라는 의

미였다.

"이 밤중에 워디 갈라고라?"

"워디긴 워디여? 재만이 집이제. 쟈들만 기분이 있가니? 우리도 화투나 침시로 올나잇인가 머시긴가 해보세."

아빠는 올나잇을 유독 힘주어 발음했다. 밤새 돌아오지 않을 테니 너희들끼리 맘대로 놀아보라는 의미인 성싶었다. 불안한 눈빛으로 내 방을 기웃거리던 엄마는 별수 없다는 듯 한숨을 내쉬고는 이내 아빠를 따라나섰다.

"느그 아부지, 참말로 멋져분다."

누군가 감탄사를 내뱉었다.

"술잔이 여섯 개다야."

내 부모는 남녀 평등주의자. 여자애들 잔까지 살뜰하게 챙긴 것이다.

"술은 어른헌티 배와야 한댔는디 술도 안 따라주고 가부셨네이."

그러게. 쿨하기도 하시지.

겨울밤은 기나길었다. 부모님이 없는데도 우리는 다른 집에서부다 뎌 얌전하게 놀았디. 누고가의 손목을 잡기 위한 핑계로 하던 카드 게임이나 고스톱도 치지 않았다. 몇 차례 광에 들락거리긴 했지만 누구도 취할 정도로 과음하지는 않았다. 자분자분, 이런저런 이야기를 주고받았을 뿐이다. 소복소복, 눈 쌓이는 소리가 이따금의 침묵 사이로 스며들었다. 화장실에 간다고 방문을 연 누군가 탄성을 내질렀다.

"웜마야!"

다들 앉은걸음으로 문을 향했다. 찬 공기에 몸서리를 치며 목만 길게 빼고 내다본 바깥은 온통 새하얀 눈밭이었다. 발자국 하나 나지 않은 백색의 순수였다. 누가 먼저랄 것도 없이 우르르 마당으로 달려 나갔다. 매화나무에도 감나무에도 눈이 한 뼘씩 쌓여 있었다. 뒤란의 대나무는 눈의 무게를 이기지 못해 땅 끝까지 휘늘어진 채였다. 자연의 장관 앞에서 다들 입을 다물었다. 누군가 전등을 하늘로 비췄다. 빛기둥 안에서 주먹만 한 눈송이들이 수직으로 낙하하고 있었다. 순수에 압도당한 최초이자 마지막 경험이었다. 그날 나는 그런 생각을 했던 것 같다. 이토록 순수하게, 이토록 압도적으로 살고 싶다고. 누구도 감히 입을 열지 못했던 걸 보면 친구들 역시 비슷한 마음이지 않았을까? 열아홉, 그때는 믿었다. 우리 앞에 기다리고 있을 순백의 시간을 순백으로 살아낼 수 있을 거라고.

그로부터 40년의 시간이 흘렀다. 그날 함께했던 친구 중 누군가는 먼저 세상을 버렸고, 누군가는 사고를 당해 장애인이 되었고, 누군가는 교수가, 작가가, 회사원이 되었다. 회사원이 된 친구는 머나먼 미국에서 산다. 그 친구를 본 지 참으로 오래되었다. 한 친구는 아예 연락이 끊겼다.

눈이 퍼붓는 날이면 그날이 떠오른다. 고요히 내리는 눈처럼 고요했던 내 인생의 첫 술자리. 다음의 40년을 우리는 어떻게 살아내고 있는 걸까.

시바스,
변절과 타락의 시작

서른의 나는 수배 중이었다. 내가 주변 사람들의 도움으로 꽁꽁 몸을 숨긴 사이 내가 속했던 조직의 대부분이 붙잡혔다. 나와 비슷한 직함의 동료들은 7년 형에서 10년 형을 선고받고 수감 중이었다. 나는 수배 직전 이미 그 조직을 탈퇴한 상태였으며, 그 조직이 6.25 전쟁 이후 처음으로 대중 앞에 선포한 사회주의로부터도 멀어진 상태였다. 윗선 대부분이 붙잡혔으니 설령 내가 잡힌다 한들 조직에 해가 될 일도 없었다. 그래도 자수하고 싶지는 않았다. 기왕 패배했는데 백기까지 들고 내가 한때 적이라고 생각했던 사람들 앞에 무릎 꿇고 싶지 않아서였다. 3년을 버텼다. 그사이 내 부모는 물론 누구도 만나지 않았다.

사람이 오래 혼자 있으면 머리가 이상해진다. 나는 결국 김영삼 전 대통령 덕에 비례대표 국회의원을 지낸 바 있는 『남부군』의 저자 이태 선생의 도움을 받아 내 발로 안기부에 걸어 들어갔다. 차에 실린 채 눈을 가렸으니 내 발로 갔다는 표현에는 어폐가 있겠으나 뭐 그거나 저거나.

아무튼 안기부 사람들과 만나기로 한 전날 밤, 3년 만에 처음으로 그 조직에 함께 있었던 선배들을 만났다(초창기에 잡혀간 덕에 1년 남짓밖에 감옥살이를 하지 않은, 행운의 사나이들이었다). 그들과 뭔가 말이라도 나눠야 할 것 같았다. 내 발로 걸어간다는 찜찜함이 그들을 만나게 했을 것이다. 3년의 수배 기간 동안 지리산 종주할 때를 제외하고는 술을 한 방울도 입에 대지 않았던 나는 그날 밤, 몇 잔의 혹은 몇 병의 술을 마신 것인지 완전히 정신을 잃었다.

눈을 떴을 때 잔잔하게 흐르는 강물 위로 불빛들이 어룽기리고 있었다. 내세 여기가 어디지? 나는 분명 인사동에 있었는데.

"정신이 좀 들어요?"

느닷없이 낯선 중년의 남자가 내게 물었다. 놀란 나는 내 옷매무새를 확인하다가 깨달았다. 내 미모가 누가 덮치고 싶은 수준이 아니라는 것을. 게다가 짧은 커트 머리라 입만 다물면 다 남잔 줄 안다는 것을. 그렇다면 대체 생면부지의 그가 왜 내 곁에 있단 말인가?

그의 말에 따르면 한국기원에서 바둑을 두고 집으로 향하던 그의 차로 내가 불쑥 뛰어들었다. 급브레이크를 밟은 채 놀란 가슴을 달래는 참인데 내가 왈칵 차 문을 열었다. 조수석에 턱 하니 앉은 나는 호기롭게 외쳤다.

"호남고속버스터미널(그날 나는 고향에 가고 싶었던 모양이다. 수배 3년 동안 고향에 계신 부모님을 한 번도 보지 못했으니까)!"

착하기도 하지. 생면부지의 술 취한 여자를 터미널에 데려다주려던 그는 한강 다리가 나오기 전에 깨달았다. 그 시간에는 어디로도 떠나는 버스가 없다는 것을(심야버스가 없을 때였다). 어느 대학 경제학 교수라는 그가 나를 한강

고수부지에 데려와 술이 깰 때까지 기다려준 것은, 논다니 같지 않은 얌전한 옷차림과 또 하나, 차가 출렁거릴 때마다 내가 외쳤다는 감탄사 때문이었다.

"와우!"

"웁스!"

그때까지 외국 한번 나가보지 않았던 내가 왜 하필 별로 좋아하지도 않는 아메리카의 감탄사를 연발했는지는 지금까지도 미스터리다. 아마 수배 중 하루 네 편씩 보았던 영화의 영향이 아니었을까, 짐작할 뿐이다. 아무튼 와우, 웁스 덕분에 그는 나를 미국 유학 중인 얌전한 처자로 착각했고, 덕분에 나는 만취의 위험한 밤을 곱게 넘길 수 있었다. 이제나저제나 나는 인복과 술복 하나는 끝내준다. 빨치산이었던 내 어머니는 모든 복을 명(命)으로 받아 98세 넘도록 정정하시다. 세상의 복은 이렇게나 다양한 것이다. 그러니 돈복, 부모복 없다고 좌절하지들 마시길.

내가 글 쓰는 사람임을 알고 그는 그 무렵 집필 중이던 책의 교정과 교열을 내게 맡겼다. 문장은 젬병이라던 말과 달리 그의 문장은 군더더기 없이 정확해서 내가 할 일이 별로 없었다. 평생 처음 미시경제학 공부를 된통 했을 뿐이다. 아무튼 돈벌이는 물론 경제학 공부까지 시켜준 게 고마워서 나는 그의 문장을 극찬했고, 탈고 기념으로 소고 기만 사려던 그는 문장 좋다는 말은 머리털 나고 처음 들 었다며 기분이 좋아져 어느 바로 나를 데려갔다. 바(Bar)! 영화에서나 보던 그 바 말이다. 그 무렵의 나는 월급 60만 원 받는 기자 선배를 부르주아라 비난하던, 세상 물정 모 르던 가난뱅이 촌뜨기였다.

이름을 잊어버린 신촌의 어느 바에서 그가 주문한 것은 시바스리갈 12년 더블샷이었다. 대학 시절, 가난한 문학청 년들이 양주인 줄 알고 간혹 마시던 캡틴큐와는 이름부터 격이 달랐다. 캡틴큐 끝에는 크―가 따라붙어야 제격이고, 시바스리갈 끝에는 말줄임표(…)가 따라붙어야 제격일 것 같았다. 한 모금을 머금은 순간 내 눈이 휘둥그레졌다. 지 리산에서 처음으로 마셨던 위스키 패스포트보다 더 부드 럽게 혀에 감기는 천상의 맛이었다. 맛에 취해 있는데 느 닷없이 그가 외쳤다.

"시바스! 너어어! 어디 있다 인제 왔어!"

내 눈이 더 똥그래졌다. 그가 숨죽여 웃으며 한마디 덧붙였다.

"눈이 그렇게 말하는 중이라고."

나는 입 안에 든 시바스리갈, 그러니까 위스키 한 모금을 오래도록 머금었다가 천천히 삼켰다. 그날 처음으로 30년간 나의 일부였던 식도와 위의 위치와 모양을 구체적으로 체감했다. 위스키가 훑고 간 자리마다 짜릿한 쾌감으로 부르르 떨렸다. 나는 젖 먹는 송아지처럼 자꾸만 입술을 핥았다. 보다 못한 그가 700밀리 한 병을 주문했다. 그것이 나와 시바스의 첫 만남이었다.

어쩌면 그날의 시바스리갈은 가난과 슬픔과 좌절로 점철된 나의 지난 시간과의 작별이었다. 짜릿하고 달콤했던 건 위스키의 맛이 아니라 고통스러웠던 지난날과의 작별의 맛이었을지 모른다. 그날로부터 나의 변절과 타락이 시작되었다. 참으로 감사한 날이지 아니한가!

청춘은 청춘을
모른다

그 시절 우리는 어쩌면 그렇게 가난했는지. 누군가는 밥도 제때 먹지 못해 폐결핵에 걸렸고, 누군가는 등록금 낼 돈이 없어 군대에 갔다. 2학년 가을이었던가, 3학년 가을이었던가. 그 무렵엔 병든 닭처럼 기숙사 인근 담벼락에 앉아 함께 봄볕을 쬐던 동기들이 죄 군대에 있었다. 군대 간 동기들 몇과 우리는 아구탕 계원이었다.

아구탕 계가 뭐고 하니, 제법 살 만했던 누군가가 자식 보러 온 부모님과 함께 아구탕 맛을 맨 처음 보았다. 친구의 말에 따르면 지상 최고의 음식이라고 했다. 소주와 함께 먹기에도 딱 좋다고. 친구는 우리가 생각나 위치까지 외워두었단다. 그 말에 깜빡 넘어간 우리는 돈을 갹출해 당장 아구탕집으로 달려갔다. 안성 시장 부근이었다. 여섯 명이 먹으니 오천 원인가 그랬다. 그때로는 감히 상상하기 어려운 지출이었다. 비싸서 그랬는지 맛있는 집 드물던 안성에서 먹은 것 중 단연 으뜸이었다. 그 뒤로 우리는 한 달에 한 번씩 돈을 모아 아구탕집에 갔다.

우리 계원 둘이 마침 포천에서 군 생활 중이었다. 처음으로 면회를 가보기로 했다. 어떻게 가서 어디서 자나, 머리를 맞대고 고민하는 차에 누군가 무심히 중얼거렸다.

"걔들도 아구탕 생각나지 않을까?"

"사 갈까?"

"그걸 어떻게 들고 가?"

자동차가 귀하던 시절, 안성에서 포천 가는 길은 머나멀었다. 일단 학교 앞에서 버스를 타고 강남이나 용산시외버스터미널로 갔다가 동서울터미널로 이동해 포천 가는 시외버스를 타야 했다. 그 먼 길에 아구탕이라니. 현실적인 누군가 말했다.

"포천에도 아구탕이 있겠지."

누군가 또 한마디 보탰다.

"그 맛이 이 맛이겠냐?"

결국 우리는 아구탕을 싸 가기로 했다. 일회용 용기라는 게 없던 시절이었다. 다음 날 오전, 안성 시내 아구탕집으로 커다란 냄비를 들고 갔다. 뭐 귀한 거라고 포천까지 싸 가냐는 주인아주머니의 지청구를 들으며 반찬까지 야무지게 챙겼다. 남자 동기가 국물 출렁거리는 냄비를 품에 꼭 끌어안은 채 버스에 올라탔다. 조심성 많은 동기는 포천까지 가는 동안 단 한 방울의 국물도 흘리지 않았다.

모두의 주머니를 탈탈 털었으나 여인숙 방 두 개 얻을 돈밖에 되지 않았다. 우리 일행은 여섯, 군대 밥 먹는 녀석들 외식 한번 시켜줄 돈이 없었다. 우리는 복도에서 버너를 켜고 밥을 했다. 다른 버너에서는 소중한 아구탕이 보글보글 끓기 시작했다.

좁은 방에 여섯 명이 앉으니 어깨가 부딪쳐 팔을 움직이기 힘들 정도였다. 냄비 뚜껑을 열자 은은한 아구탕 냄새가 좁은 방 안으로 삽시간에 번졌다. 군인 두 녀석이 코를 킁킁거리며 숟가락을 가져갔다. 우리는 침을 꼴깍 삼키며 민간인 아닌 군바리가 먼저 맛보기를 간절히 기다렸다. 그게 예의라고 생각했다. 안성에서 포천까지 한나절이 걸렸고, 우리 모두 쫄쫄 굶은 상태였음에도 불구하고.

국물 한 숟가락을 떠먹은 군바리의 입에서 감탄사가 터져 나왔다.

"그래! 이거지! 이게 인간이 먹는 음식이지!"

그 시절 군대에서 제공하는 음식은 지금으로서는 상상도 할 수 없을 지경으로 형편없었다. 오죽하면 짬밥이라 했을까. 우리는 머리를 맞댄 채 허겁지겁 아구탕을 먹었다. 그 유명한 포천 이동막걸리도 뒷전이었다. 안성에서 포천까지 모셔 온 아구탕을 다 먹지도 못한 채 외출만 간신히 허락받고 나온 한 친구는 아쉽게 부대로 돌아갔다. 아구탕이 바닥을 보일 즈음 우리 눈에 술이 들어왔다. 먼 길을 달려온 우리도, 군 생활에 지친 친구도, 술 몇 잔이 들어가자 몸이 노곤노곤, 자꾸 눈이 감겼다. 누군가는 벽에 기댄 채 자울자울 졸고, 남은 몇은 아득하기만 한 우리들의 청춘을 자조적으로 읊조렸다. 군에 있는 친구도 독재 치하를 견뎌야 하는 바깥의 우리도 암담하기는 마찬가지였다. 우리의 청춘은 어두운 터널에 갇힌 채 영원히 끝날 것 같지 않았다. 그런 생각을 할 때 방의 형광등이 톡 꺼졌다. 알고 보니 형광등은 옆방과 우리 방에 걸쳐 있었다. 우리는 일제히 입을 닫았다. 옆방에서 무슨 일이 벌어질지 상상하고도 남았으니까. 차마 우리의 술자리를 위해 옆방까지 환해지도록 형광등을 켤 엄두는 누구도 내지 않았다.

옆방의 투숙객은 젊은 장병과 연인이었다. 그때는 면회도 휴가도 요즘처럼 쉽지 않았다. 교통도 불편했다. 아마두 연인은 참으로 오랜만에 그리움을 달래는 중일 터였다. 숨죽인 여성의 신음이 들려오기 시작했다. 그 소리가 어쩐지 서글픈 노랫가락처럼 들렸다. 어둠 속에서 옆방의 청춘은 숨죽여 사랑을 나누고, 우리는 소리 죽여 술을 나누었다. 서글픈 노래는 장병의 짧은 비명과 함께 허무하게 빨리도 끝났다. 그 순간 문득 그런 생각이 들었다. 어쩌면 뜻밖에 우리의 청춘도 저토록 짧을지 모르겠다는.

옆방의 남자가 무슨 일인지 흐느끼기 시작했다. 그의 연인은 아무 말도 하지 않았다. 작별이라도 고한 것일까. 우리는 각자의 생각에 잠겨, 취기에 잠겨, 그 순간에 젖어 들었다. 달콤하도록 우울한 포천의 밤이었다.

　내 예감이 옳았다. 영원할 것 같던 청춘은 참으로 짧았다. 우울하다, 빨리 지나갔으면 좋겠다, 한탄하다 보니 어느새 나는 청춘이 아니었다. 청춘을 함께했던 친구 중 둘은 미국에 있어 얼굴 보기 어렵고, 국내에 있는 친구들도 각자의 일이 바빠 얼굴 보기 어렵다. 드문드문 안부 전화나 주고받는 정도다. 그래도 환갑을 목전에 둔 나이가 믿기지 않거나 어색한 날이면 포천에서의 그날 밤이 떠오른다. 쓸쓸하고 불안하고 우울한 것, 그게 청춘이었구나, 그때는 정작 그걸 몰랐구나, 무릎을 치면서.

우리들의 축제의 밤 ———————

그날, 왜 그 늦은 시간에 구례에 도착했는지 잘 기억나지 않는다. 반내골 중간까지 가는 토금리행 막차는 이미 끊긴 뒤였다. 그때만 해도 택시는 우리 같은 가난뱅이들은 꿈조차 꿀 수 없는 꿈의 교통수단이었다. 물론 읍내에 잘 데는 많았다. 어디로 갈까 망설이는 참인데 자전거 한 대가 느릿느릿 내 곁으로 다가왔다. 말이며 걸음은 물론이요, 자전거조차 왜 탔나 싶게 느리게 몰아서 영감이라는 별명으로 불리는 A였다.

"인차 내려왔냐?"

광주에서 대학에 다니는 A는 원단 전라도 사투리를 썼다. 나는 그때나 지금이나 쌩콩한 서울말을 쓴다. 흠. 난 씨티 걸(City girl)이니까!

"너는 이 시간에 뭐 해?"

여름인데도 어두침침했으니 필경 일곱 시는 훌쩍 지난 시간이었으리라. 지금도 구례는 여덟 시면 대부분의 밥집과 술집이 영업을 종료한다. 그때는 더 심했다.

"그냥."

A는 말수가 적다. 논리적으로 조목조목 말하는 법도 없다. 지금이라고 크게 다르지 않지만 그때의 나는 비논리적 언어를 거의 알아듣지 못했다. 그래서 A는 중학교 2학년 때부터 알고 지낸 사이임에도 불구하고 나에게 미지의 존재나 다름없었다.

"차 끊게 부렀제? 가자."

"어디?"

"내 집."

A의 집은 이미 여러 차례 가본 적이 있었다. 집이 넓고

A 어머니 음식이 훌륭해서 올나이트 멤버들의 단골집이었으니까. 읍내 최북단에 있는 A의 집은 한옥이었는데, 집도 훌륭했지만 뜰이 더 훌륭했다. 과수원이라 해도 무방할 정도의 넓은 마당에는 없는 나무가 없었다. 그때부터 자연친화적이었는지 나는 근사한 한옥집보다 나무 울창한 마당이 더 부러웠다. 아름드리 감나무, 모과나무, 호두나무, 사과나무가 빽빽하게 들어찬 마당은 마당이라기보다 숲 같았다. 그런데 우리 집이 아니고 내 집?

느리다고 둔한 것은 아니다. A는 나의 혼란을 금세 눈치 챘다.

"이. 잘되았다. 내 집이나 보러 가자. 니가 첨이다야."

A는 나더러 자전거에 타라고 하지 않았다. 그냥 내 옆에서 지그재그로 천천히 자전거를 몰았다. 그러면서 몇 번이나 혼자 중얼거렸다.

"암도 안 보여줬는디… 처음인디…"

내가 처음이라 서운하다는 것인지, 다행이라는 것인지, A의 의중은 알 길이 없었다. 나는 지금도 A의 속내를 잘 모른다. 그 아이는 말로 표현하지 않고, 나는 말밖에 해석할 줄 모르는 멍충이니까.

8월 말쯤이었을까, 여름이지만 밤바람은 제법 상쾌했다. 꿈꿈하게 솟은 땀방울이 이내 밤바람에 사그라졌다. 오래 걸었지만 불쾌할 정도의 더위는 아니었다.

A의 집은 깊은 어둠에 잠겨 있었다. 시골 어르신 누구나 그렇듯 A의 부모님도 일찍 잠자리에 든 듯했다. A는 막둥이였고, 형과 누나들은 죄 객지살이를 하는 중이었다. 그 무렵의 누구나 그랬다. 나이 들면 당연히 떠나는 곳, 고향은 그런 곳이었다.

마당 옆에 자전거를 세운 A는 까치발을 한 채 어둠을 향해 걸었다. 몇 걸음 앞서 걷는 A의 모습이 보이지 않았다. 조금 걷다 A의 등에 머리를 박았다. A가 손을 내밀었다. 잠시 망설이다 그 손을 맞잡았다. 손끝에 손끝을 걸치는 수준으로. A가 다른 손으로 라이터를 켰다. 어둠에 잠겨 있던 나무둥치들이 거무스레 모습을 드러냈다. 안쪽으로 깊숙이 들어가자 A가 걸음을 멈췄다. 그러고는 라이터를 높이 치켜들었다. 널찍하게 벌어진 밤나무 기둥 사이에 작은 오두막이 있었다.

"내 집이여."

우리는 어둠 속에서 사다리를 타고 오두막으로 올랐다. A가 야트막한 천장에 매달린 석유램프를 밝혔다. 그을음 냄새와 동시에 서넛이 앉을 만한 널찍한 바닥 위에 놓인 작은 상이 보였다. 거기 책 한 권이 놓여 있었다. 기타 교본. 잔재주 많은 A가 기타에도 손을 댄 모양이었다.

"쪼깨만 지둘려야이."

사다리를 내려가던 A의 얼굴이 불쑥 다시 솟구쳤다.

"안 무섭제? 니는 가시내 아닝게."

이건 칭찬인가, 욕인가? 아직도 모르겠다. 암튼 가시내 긴 하지만 A의 말대로 무섭지는 않았다. A는 한참 뒤에야 돌아왔다. 그사이 다양한 풀벌레 소리가 나와 함께했다. 간혹 귀뚜라미 소리가 섞여 있던 걸 보면 늦여름이었던가 보다.

"집들이잉게 한잔혀야제이."

지금의 나를 아는 사람은 아무도 믿지 않겠지만 나는 재수해서 대학에 입학한 뒤 2학년 여름까지 단 한 번 술을 마셨다. 운동권 선배가 따라준 막걸리 두 잔에 완전히 취해서는 선배의 무릎에 얼굴을 박은 채 토했고, 그 뒤로는 알코올 근처에도 가지 않았다. 그런데 가시내 아닝게 무섭지 않을 거라 했던 A는 가시내 아닝게 말술을 마실 줄 알았던 모양이다. A가 들고 온 것은 보리차 끓이는 엄청 큰 주전자였다. 안주도 있었을 건데 그건 기억나지 않는다. 술의 양에 워낙 놀래서 그것만 기억에 각인되었다.

역시 A 어머니 솜씨는 기가 막혔다. 내 엄마도 솜씨가 예사롭지 않은데 A 어머니는 한 수 위였다. 직접 담갔다는 매실주(황매실로 담갔다나 뭐라나)는 달지도 않았고, 독하지도 않았다. 모든 것을 뚫고 상큼한 매실 향이 도드라지는 기가 막힌 맛이었다. 입 안에 매실주를 머금은 채 우리는 각자 밤나무 기둥에 기대어 하늘을 보았다. 내가 좋아하는 초승달이 나뭇가지 사이로 막 지나는 참이었다. 내일쯤 비가 오려는지 밤하늘로 구름이 빠르게 달렸다. 구름을 좇아 달의 행보도 빨랐다. 그날 우리들의 청춘처럼.

어느 순간, A가 기타를 집어 들었다. 언제부터 시작한 것인지 능숙하진 않아도 삑사리가 나는 정도는 아니었다. 초보라 그런지 성격이 그린시 원래의 박자보다 더 느린 연

주가 청춘답게 풋풋해서 더 아름답게 느껴졌는지도 모르
겠다.

황금빛 물결 속에 춤을 추며 노래하는 밤
희미한 달빛 아래 피어나는 축제의 밤

트윈 폴리오의 '축제의 밤'이었다. 당구는 고등학교 시
절 이미 삼백을 넘었고, 고스톱을 쳤다 하면 제가 원하는
갖가지 방법으로 새로운 기록을 쏟아내며 판을 휘어잡고,
온갖 잡기에 능했던 A는 노래도 잘했다. 트윈 폴리오의 노
래라면 다 외우고 있었지만 저음의 A 목소리가 너무 좋아
차마 따라부르지 못했다. 오늘 밤은 우리들의 밤 잊지 못
할 축제의 밤 우리들의 이 밤 이 밤… 몇 번이고 반복했던
후렴구가 아직도 귀에 들리는 듯하다.

A가 옳았다. 나는 알고 보니 술꾼이었다. 취하지도 않았
는데 그 큰 주전자의 술이 바닥났다. A가 어둠을 되짚어
다시 한 주전자 가득 채워 왔다. 새 주전자가 바닥을 드러
낼 즈음 희부윰하게 날이 밝기 시작했다. 초승달 달빛 아

래 신비로운 어둠의 정령 같았던 나무들이 짙푸른 제 모습을 드러냈다. 푸르다 못해 시커먼 호두 한 알이 눈에 띄었다. 어쩐지 여기서 끝내야 할 것 같았다. 논리적인 이유 같은 건 없었다. 그냥 시커먼 호두 한 알이 내 눈에 들어왔을 때 우리들의 축제의 밤이 끝났다는 것을 직관적으로 깨달았을 뿐이다. 호기심 어린 독자들께서 뻔한 상상을 하지는 않을 테지. 내가 말술임을 확인했을 뿐 그날 밤, 아무 일도 일어나지 않았다. 초승달과 밤바람, 그리고 나뭇잎이 사각거리는 소리, 풀숲 어딘가 존재를 숨긴 채 울어대는 풀벌레 소리, 그리고 우리가 앉아 있는 바닥이 몸을 움직일 때마다 삐걱거렸을 뿐이고, 그때마다 어쩐지 나의 존재를 상대에게 온전히 들킨 듯 부끄러웠을 뿐이다.

첫차 핑계를 대고는 서둘러 그 집을 빠져나왔다. 신데렐라처럼 구두 한 짝을 남기진 않았지만 마음의 한 자락은 어느 나뭇가지에 슬쩍 걸쳐두고 나온 게 아니었을까? 두고두고 그날이 가슴 시리게 그리웠던 것을 보면. 그 집을 빠져나올 때 밤에는 보이지 않던 새가 목청 높여 울었다. 축제의 밤이 끝났음을 알리는 신호라도 되는 양.

대학에서 각자의 자리가 생긴 뒤로 점차 A를 볼 일이 줄었다. A는 일찍 결혼을 했고 그 뒤로는 거의 보지 못했다. 나는 정말로 쌀쌀맞은 씨티 걸이 되어가는 중이었다.

삼십 대 후반쯤이었을까, 사십 대 초반쯤이었을까? 혼잡한 장터에서 A가 아내와 팔짱을 낀 채 걸어가고 있었다. 긴 세월이 지났는데도 나는 뒷모습만 보고 A를 알아보았다. 너무 오랜만이라 반가운 마음에 소리 높여 A의 이름을 불렀다. A가 천천히 뒤를 돌았다. 혼자 짙은 색 선글라스를 끼고 있었다. 그제야 찬찬히 살펴본 A의 손에는 지팡이가 들려 있었다. 나는 얼어붙었고, A는 나를 알아보지 못한 채 자꾸만 내 이름을 불렀다.

"지아냐? 지아 맞제? 목소리만 들어도 알겠다야 간내_(가시나의 구례 사투리)야."

천천히 A의 앞으로 다가가며 응, 젖은 목소리로 겨우 대답했다.

"나가 이리 벵신이 돼부렀다."

A가 느릿느릿, 별일 아니라는 듯 심상하게 말했다. 나는 … 도망쳤다. A가 겪어내고 있을 불운을, 고난의 운명을,

나는 차마 직시할 수 없었다.

알고 보니 솜씨 좋고 인자했던 A의 부모님은 큰 빚을 지고 야반도주했다고 한다. A는 고향을 떠나라는 부모의 권유에도 그냥 고향에 눌러앉았다. 저는 잘못한 게 없으니 그랬겠지. 어쩌면 A는 부모의 잘못을 스스로 끌어안아야 한다고 생각했을지도 모른다(A라면 그러고도 남았으리라 짐작한다). 그러다 빚쟁이들에게 머리를 맞고 실명을 했다. 실명만 한 게 아니었다. 뇌를 크게 다쳐 이런저런 후유증이 남은 것은 물론 뇌 기능도 상당히 저하된 상태였다. A의 불운은 그것으로 끝이 아니었다. 어린 아들을 남기고 아내가 암으로 일찍 세상을 떴다. A를 보면서 생각했다. 불운은 재주 많은 사람만 골라서 찾아다니는지도 모르겠다고.

서예가 뺨치게 글씨를 잘 쓰던 A, 편지도 수준급으로 잘 쓰던 A(그 명문의 편지를 나는 아직도 수십 통 갖고 있다. 중고등학교를 거쳐 대학 어느 무렵까지 주고받았던), 기타와 드럼, 노래에 능해 대학 밴드부 활동을 했던 A, 술조차 잘 마셔 절대로 취하는 법이 없던 A, 당구나 게임이나 고스톱이나 꾼처럼 잘하던 A, 그 A는 지금 장애인 년금으로 살아간다.

그나마 시력이 아주 약간 돌아와 형체라도 구별할 수 있어 다행이다(다행이라니! 젠장). 하얀 몰티즈가 A의 가장 좋은 친구다.

몇 년 전 여자 후배와 함께 놀러 왔기에 김치며 반찬을 이것저것 싸주었다. 나 잘해 묵고 살아야, 하면서도 A는 내가 싸주는 것들을 기꺼이 받아 갔다. 그리고 다음에 올 때는 새 통을 여러 개 들고 왔다.

"이 사람 저 사람 싸줄라면 통 겁나 필요허제?"

장애인 연금 받아 산다는 A가 포장도 뜯지 않은 새 통 꾸러미를 내밀었다. A는 그렇게 똑떨어지게 깔끔한 아이였다. 깔끔한 A는 노상 오고 싶다면서 오지는 않는다. 언젠가 전화를 해서 보고 싶다기에 오라 했다.

"아따, 니는야. 멋을 참 모린다이. 남자 혼자서 워치케 갈 것이냐?"

"왜? 나는 가시내 아니람서?"

"와따메. 참말로 암것도 모리네이. 그럼시로 소설은 워찌 쓰까?"

궁게. 그러니까 별 볼 일 없는 작가지.

나는 아직도 말하지 않은, 혹은 돌려 말한 A의 말을 정확히 알지 못한다. 여자로 보일까 봐 젊은 저의 혈기를 가라앉히려는 말이었다는 건가, 어리석은 나는 그리 짐작할 뿐이다. 그런들 저런들 무슨 상관이랴. 환갑 앞두고.

　나는 아직도 A가 겪고 있는 불행의 긴 터널을 A처럼 담담하게 직시할 수가 없다. 그래서 A와 술 마시는 게 즐겁지 않다. 가슴이 먹먹하고, 알 수 없는 무엇엔가 화가 치민다. 그 여름밤, A가 직접 만든 밤나무 위 오두막에서의 그 하룻밤이 사무치게 그립다. 그때의 싱그럽던, 똑똑하던, 깔끔하던, 능청스럽던 스물두엇의 A도 눈물겹게 그립다.

너의 푸른 눈동자에
건배!

아주 오래전 영어학원에 다닌 적이 있다. 나보다 열 살은
어린 친구들이 대부분인 클래스였다. 미국인 선생은 열의
가 없었고, 학생들은 격의 없이 발랄했다. 한국말로도 별로
할 말이 없는 친구들과 매일 프리토킹을 해야 하는 수업이
었다. 어느 날 주제가 뭐였는지 내 앞의 한 어린 여자친구
가 군대 간 연인 이야기를 꺼냈다. 그때만 해도 복무기간
이 3년에 가까웠다. 그녀는 3년이든 5년이든 변치 않고 꼭
연인을 기다리겠노라 자신했다. 나와 비슷한 수준의 짧은

영어로. 삼십 대 초반의 나는 추호의 의심도 없는 자기 확신이 불편했다. 스스로 신념을 버린 전력 때문에 더욱 그랬을 것이다. 그래서 쏘아붙이듯 한마디 했다.

"Time can change everything."

젊은 친구 중 누구도 내 말을 이해하지 못했다. 당연하다. 이십 대의 나도 그러했다. 그때의 나는 시간 앞에 굴복하는 젊은 날의 신념, 사랑, 모든 것이 혐오스러웠다. 나이 든다는 것은 타락한다는 것, 그래서 늙기 전에 스스로 죽고 싶었다. 나만큼 나이 든 미국인 선생만 내 말을 이해했다. 생기 없던 그의 푸른 눈동자가 순간 반짝거렸다.

프리토킹 중급반을 담당하는 데이브는 다른 클래스 선생들과 달리 평소 학생들과 사적인 만남을 갖지 않았다. 우리 클래스 아이들은 그런 데이브에게 불만이 많았다. 그런데 시간이 모든 것을 변화시킬 수 있다는 발언 이후 데이브는 달라졌다. 툭하면 학생들에게 커피를 마시자 했고, 언젠가는 덕수궁을 걷자고도 했다. 덕수궁을 걷던 어느 날, 곁으로 다가온 데이브가 물었다. 이하 한국말로 쓰여 있으나 물론 영어였다. 한국살이 5년 치었던 데이브의 한국어는 영어를 학창 시절 무려 6년이나 배운 나보다 당연히 짧았으니까.

"너 작가냐?"

회사원이나 선생님이라고 하면 사람들이 대개는 고개를 끄덕이고 끝난다. 그런데 작가라고 하면 상황이 달라진다. 보통 우와, 감탄부터 하고 나서는, 어떻게 하면 글을 잘 쓰냐, 작가 처음 본다 등등 원치 않는 관심이 이어진다. 그래서 말을 안 한다. 요즘도 누가 뭐 하는 사람이냐고 물으면 그냥 아줌마라고 대답한다. 그럼 고개를 갸웃거리며 다시 묻는다. 그냥 아줌마 아닌데? 그냥 아줌마와 그냥 아줌마 아닌 차이를 나는 도무지 모르겠다. 아무튼 본론으로 돌아와서 당연히 그 시절에도 내가 작가라는 말을 입 밖에 내본 적이 없다. 심지어 그때는 신춘문예에 당선하기도 전으로, 부모님의 빨치산 시절 이야기를 실록으로 쓴 딱 한 작품밖에 없을 때였다. 정확하게 따지면 작가라고 하기에도 뭣하지만 책을 냈으니 작가가 아니라고 부정할 수도 없는 노릇, 머뭇거리자 데이브가 똑 부러지는 한국어로 내 책 제목을 댔다.

"『빨치산의 딸』, 그 정지아 맞지? 중앙대 나온?"

어라? 중앙대 나온 건 또 어찌 알았담? 알고 보니 데이브가 묵고 있는 집주인(미국의 대학원에서 데이브와 같이 공부한)이 중앙대 약대 출신이었다. 나와 학번이 같았던 그가 내 책의 애독자였다.

나는 대학원 친구 집, 심지어 신혼집에 얹혀사는 그가 잘 이해되지 않았다. 그것도 머나먼 이국땅에 와서 고작 원어민 강사를 하면서. 어느 날, 그가 소중한 보물처럼 껴안고 와서 보여준 엄마의 일기장을 보기 전까지는.

데이브의 엄마는 평소처럼 다림질을 하다 말고 방에 들어가서는 목매달아 자살했다. 평범한 일상을 보내던 사람이 갑자기 죽음을 선택하는 이유는 뭘까. 난 아직도 모르겠다. 무엇인가 그만큼 힘들었거나 삶을 더 견뎌낼 힘이 없었거나 하는 정도의 추측만 할 뿐이다. 일찍 아버지를 보내고 엄마와 다정하게 살았던 데이브는 엄마의 죽음을 한편으로는 이해하면서 한편으로는 극복하지 못했다. 그는 한국에까지 엄마의 일기장을 가져와 보고 또 보았다. 짧은 영어 실력으로 얼핏 본 엄마의 일기는 작가의 것이라 해도 믿을 수 있을 정도로 감각적이었다. 그 예민한 감각에 허무주의자, 삶을 버텨내기 쉽지는 않았을 듯했다.

데이브는 GRE(미국의 대학원 입학시험) 성적 상위 0.1퍼센트의 수재였고 화학도였다. 엄마의 죽음으로 그의 미래는 뒤틀렸다. 엄마를 잃은 그의 마음을 어루만져 준 유일한 사람은 연인도 아니고 친척도 아니고, 같은 대학원에 다니는 한국 친구였다. 그 남자가 귀국한다기에 데이브는 어떤 고민도 없이 따라나섰다. 누가 보면 동성애자인 줄 알겠지만 전혀 아니다. 데리고 사는 한국 친구도 너무 잘 알고 있었다. 데이브의 마음이 갓 태어난 병아리처럼 여리다는 것을.

주말이면 데이브가 사는 한국 친구의 집이나 술집에서 종종 만났다. 만나면 늘 술을 마셨다. 때로는 시바스리갈 12년을. 때로는 소주를. 데이브가 약사 친구 다음으로 좋아하는 게 술이었다. 어지간한 한국 사람보다 술이 센 데이브는 소주 세 병을 마시고도 취하지 않았다. 취기 없이 푸른 눈으로 나를 직시하며 데이브는 물었다.

"너는 왜 사니?"

나는 대답하지 못했다. 나도 사는 이유를 알지 못했으

니까. 그저 죽음을 선택하는 데도 용기가 필요하고, 나에게는 그런 용기조차 없었을 뿐이다. 지금은 조금이나마 알 것 같다. 태어나는 것도 죽는 것도 인간의 영역이 아니다. 어찌어찌 태어났으므로 우리는 어찌어찌 살아내야 한다. 고통이 더 많은 한 생을. 소설적 성취? 사회적 명예? 죽는 순간 아무 의미가 없음을 안다. 그런데도 내가 요즘 죽음을 생각하지 않는 것은 아직 살아있는 엄마 때문이고, 내가 없으면 오래 살아온 공간을 떠나야 할 나의 냥이들 때문이다. 나에게 마음 두고 있는 존재들을 슬프게 하지 않기 위해 나는 오늘도 꾸역꾸역 살아내는 것이다. 데이브에게는, 그의 엄마에게는, 그런 존재가 없었을지도… 아니, 그런 존재가 있음에도 살아내기 어려운 섬세한 마음의 소유자였을지도… 자기 손으로 죽음을 선택할 수밖에 없는 그 쓸쓸한 마음을 헤아리기 어려워 나는 말했다.

"마셔. 우리에게는 알코올이 있잖아. 알코올처럼 인생에 잘 어울리는 게 없어."

맑고 투명한 호수 같은 데이브의 푸른 눈동자에 희미하게 웃음이 번졌다. 데이브가 한국에 있는 동안 우리는 그렇게 자주 잔을 부딪쳤다. 지리산에서도.

친구에게 아이가 생기고 집이 비좁아지자 데이브는 미국행을 결정했다. 가기 전에 지리산을 꼭 가보고 싶다고 했다. 매일 소주 두세 병씩 마셔댄 통에 출렁이는 뱃살을 소유한 주제에. 데이브의 등을 떠밀다시피 지리산을 완주했다. 별이 유난히 밝았던 밤, 백무동 산장에서 우리 일행은 시바스리갈 18년을 열었다. 마지막 밤을 위해 3박 4일 배낭에 고이 모셔 온 술이었다. 위스키는 좋은 잔에 마셔야 하는 법! 나는 휴지로 야무지게 싸 온 스트레이트 잔에 시바스를 따랐다. 젖빛 은하수가 선명하게 흐르는 지리산의 밤하늘을 올려다보며 데이브가 중얼거렸다.

"…살아야 하는 거겠지?"

데이브의 잔에 내 잔을 부딪치며 말했다.

"응. 우리에게는 아직 시바스가 있으니까."

피식 웃는 데이브의 얼굴에서 푸른 눈동자가 별처럼 빛났다.

"이제 막 개봉했으니 적어도 두 시간은 살아야 할 명백한 이유가 있네. 좋다."

그 밤, 참으로 좋았다. 한여름이었지만 1,500미터가 넘는 고지는 소름이 돋도록 서늘했고, 밤하늘의 무수한 별이 우리의 눈동자에 우리의 위스키잔에 내려앉는 듯했다. 그것이 데이브와의 마지막이었다.

데이브는 한국어를 모르고 나는 영어에 서툴다. 영어를 써야 하는 전화와 이메일은 몇 년 가지 않아 뜨문뜨문해졌고, 어느 사이 연락이 끊겼다. 지금도 시바스리갈을 마시는 날이면 데이브의 푸른 눈동자가 떠오른다. 여전히 살 이유를 모르겠지만 아직 살아있기를.

먹이사슬로부터 해방된
초원의 단 하루

15년 전쯤, 아직 내 스승이 몸 강건하실 때 함께 오사카에 간 적이 있다. 친한 선배 중 하나가 대기업 이사라는 사실도 나는 그때 알았다. 정말 친한 선배였는데… 아무튼 오사카 공항에 도착하자 그 대기업 오사카 지부 임원들이 우리를 기다리고 있었다. 그런 대접은 난생처음이었다. 세시 무렵, 저녁 식사 전까지 오사카성을 둘러보겠느냐 물었다. 나보다 내 스승이 먼저 대답했다. 내가 머릿속으로 생각한 대사를 토씨 하나 안 다르게 똑같이.

"오사카성은 무슨…"

스승이 공항 내 벽면에 붙어 있는 오사카성 사진을 가리켰다.

"다 봤으니 식당으로 갑시다."

"여섯 시로 예약을 해서 변경할 수가 없습니다. 시간에 맞춰 음식을 준비하니까요. 그때까지 시내 관광이라도…"

"술은 있을 것 아니요."

"그야 그렇지만 안주 없이 괜찮으시겠습니까?"

"사케에 안주는 무슨!"

공항에서 곧장 식당으로 직행한 우리 일행은 네 시가 되기도 전부터 사케를 마시기 시작했다. 얄짤없는 식당 주인은 예약한 시간이 되기 전까지 단무지 하나 주지 않았다. 나는 술을 천천히 마시는 편인데 내 스승은 완샷 완킬, 그야말로 속도전이 따로 없다. 순식간에 사케 도쿠리가 비어 나가는 것을 물끄러미 보던 오사카 지부 임원이 정말 궁금하다는 듯이 물었다.

"술이 맛있습니까?"

우리늘 완대해순 그분께는 참으로 죄송한 말이지만, 이

건 뭔 개소리? 하는 심정으로 우리 일행 전원이 그를 바라보았다.

"술을 너무 맛있게들 드셔서요. 저희는 늘 접대 때문에 일로 술을 마시니까 술 마실 생각만 하면 지긋지긋하거든요."

이건 또 뭔 개소리, 하는 표정으로 나를 제외한 일행 전원이 술잔을 들이켰다. 대답해줄 의지라곤 1도 없어 보였다. 다들 술잔 들이켜기에 바빴다. 별수 없이 제일 어린 내가 총대를 멨다.

"제가 내셔널지오그래픽 광팬이거든요. 비디오를 싹 다 봤는데 그중에 이런 게 있었어요."

사실 그 비디오는 내가 고른 게 아니었다. 내 나이 서른다섯, 잠시 특목고 국어 교사로 일했다. 거기 독일인 선생이 있었는데 그가 빌려준 독일어판 내셔널지오그래픽 비디오였다. 물론 독일어라 한마디도 알아듣지 못했지만 언어가 필요 없는 내용이었다. 비디오의 내용은 이러하다.

아프리카 초원 어딘가 야생 사과나무 한 그루가 우뚝 서 있다. 저 홀로 자란 사과나무는 장정 열댓 명이 끌어안아도 팔이 닿지 않을 만큼 거대하다. 돌보는 이 하나 없어도 사과나무는 때가 되면 꽃을 피우고 열매를 맺는다. 그리고 때가 되면 절로 떨어진다. 땅에 떨어진 사과는 고온건조한 기후 덕에 발효되어 향긋한 사과주로 익어간다.

마침맞게 술이 익은 날, 코끼리와 사자가 가장 먼저 사과나무 아래로 찾아온다. 코끼리는 긴 코로 날름날름 미친 듯이 사과를 주워 먹는다. 술에 취한 코끼리가 비틀거리다 제 다리에 걸려 자빠지고 신이 나 내달리던 사자는 저희끼리 부딪쳐 나뒹군다. 그때쯤 먼 데서 망을 보던 영양이며 얼룩말, 원숭이들이 우— 사과나무를 향해 돌진한다.

만월의 달이 떠오르고, 보얀 달빛이 초원을 비추고, 알코올이 동물들의 몸을 적신다. 만취한 원숭이는 꺅꺅— 고음의 괴성을 내지르며 사자의 대가리를 밟고 나무 위로 튀어 오른다. 한 입 거리도 되지 않을 원숭이 따위가 제 머리를 밟았으나, 알코올이 뇌를 적셔 사자 또한 흥겨울 따름이다. 먹잇감으로밖에는 만날 일 없던 사자와 영양, 코끼리와 원숭이가 한데 어우러진 축제의 밤이 깊어간다. 만월도 술에 취한 듯 갈지자로 하늘을 가로지른다. 온몸의 에너시를 다 쏟아무은 농불늘이 초원 아무 데나 쓰러져 잠든다. 원숭이 한 마리, 취기 가득한 눈을 껌벅이며 먼 하늘의 달을 아련하게 바라본다.

동물들이 잠에 든 사이, 외로운 달은 부지런히 하늘을 달리고, 달이 사라진 자리, 태양이 떠오른다. 청량한 첫 햇살이 가장 늦게 잠든 원숭이의 눈꺼풀에 닿는다. 반짝 눈을 뜬 원숭이가 하품을 하며 사방을 두리번거린다. 자기 눈 바로 앞에 놓인 사자의 머리를 원숭이는 인지하지 못한다. 잠시 뒤, 제가 베고 누운 것이 사자의 배라는 것을 인지한 원숭이가 화들짝 놀라 비명을 내지르며 평소보다 더 높이 더 멀리 튀어 오른다.

그 소리에 먹이사슬의 맨 아랫것들이 먼저 깨어난다. 취기가 사라지고 현실로 돌아온 힘없는 것들이 우다다 초원의 먼지를 깨우며 사방으로 내달린다. 먹이사슬의 최상위, 사자와 코끼리는 그제야 곤한 잠에서 깨어난다. 끔벅끔벅, 대체 여기가 어딘지 주변을 돌아보던 사자와 코끼리의 시선이 마주친다.

씨발, 좆 됐다.

인간의 언어로 해석하자면 그쯤일 눈빛으로 둘은 황망

히 시선을 피한다. 술에 취해 처음 본 사람과 원나잇을 한 남녀처럼. 정신을 차린 여자가 황급히 옷을 입고, 이미 깬 남자가 자는 척 꿈쩍 않듯 사자와 코끼리는 겸연쩍게 몸을 일으켜 상대를 곁눈질한다. 그러고는 숙취에 찌든 무거운 걸음으로, 정반대의 초원을 향해 어슬렁어슬렁 걸음을 옮긴다.

먹이사슬로부터 해방된 초원의 단 하루, 이것이 술의 힘이다. 최초로 술을 받아들인 우리의 조상도 아프리카 초원의 저 동물들과 다를 바 없었을 것이다. 해마다 돌아오는 해방의 하루. 숙취의 고통을 알면서도, 술 깬 직후의 겸연쩍음을 알면서도, 동물들은 그날의 해방감을 잊을 수 없어 또다시 몰려드는 것일 테다.

술은 스트레스를 지우고 신분을 지우고 저 자신의 한계도 지워, 원숭이가 사자의 대가리를 밟고 날아오르듯, 우리를 날아오르게 한다. 깨고 나면 또다시 비루한 현실이 기다리고 있을 뿐이지만 그러면 또 어떠한가. 잠시라도 해방되었는데! 잠시라도 흥겨웠는데!

내 말이 끝나자 대기업 이사인 선배가 술을 들이켜며 심

드렁하게 한마디 했다.

"제법이다야."

선배의 온 감각은 내 말에 있지 않고 술에 있었던 것이다. 술을 마시지 않고 내 말을 경청한 오사카 지부 임원만 감동한 얼굴로 고개를 주억거렸다.

"지금까지 들은 술 예찬 중에 최곱니다!"

그날 그도 업무의 괴로움으로부터 해방되었다. 오후 네 시도 되지 않아 시작된 술자리는 새벽 네 시에야 끝났다. 술은 접대라며 괴로워하던 오사카 지부 임원이 4차까지 쏘며 끝까지 자리를 지켰다. 이름도 얼굴도 잊었지만, 감사했습니다!

여담이지만, 굳이 내셔널지오그래픽 비디오를 찾지는 마시라. 내 말에 혹한 사람들 몇이 찾아본 모양인데, 나더러 소설을 썼다며 실망이 이만저만 아니었다. 어쩌랴. 소설가의 기억이란 그따위인 것을!

세상의 모든
고졸을 위하여

한 친구가 친구를 구례로 데려왔다. 나는 주로 집콕이다. 일이 아니면 밖에 나가지 않는다, 아니 나가지 못한다. 나에게는 내가 들어오기만을 목 빠지게 기다리며 왼종일 창밖만 내다보고 있는 노모가 있다. 일백 세를 바라보는. 이런 상황이라 새로운 관계가 생기지 않을 줄 알았다. 그런데 친구들이 제 친구를 구례로 데려온다. 친구들이 고르고 골라 데려온 손님들과는 대개 금세 친해진다. A도 그중 한 명이다.

A는 영화 프로듀서라고 했다. 둘이서 전주영화제 구경을 온 김에 멀지 않은 우리 집에 들렀다. 봄이었고, 젊은 친구들은 알지도 못하는 두릅과 엄나무순 따위로 봄 향기 가득한 밥상을 차렸다. 당근 술이 빠질 리 없었다. 그 무렵 나는 시바스리갈 12년을 주로 마셨다. 그런데 어느 날 구례 하나로마트에 시바스가 보이지 않았다. 1년이 지나도록 마트에서 시바스를 볼 수 없었다. 별수 없이 오는 손님들이 시바스를 공수해 왔다. 그날도 친구가 시바스 두 병을 사 왔다.

A는 말수가 적었지만 유머가 있었다. 낯을 가리는 성격도 소심한 것도 내 맘에 쏙 들었다. 술은 술답게 사람과 사람 사이의 거리를 좁혔다. 말수 적은 A의 입도 차츰 바빠졌다. 어느 순간 내가 물었다.

"대학에서부터 영화를 전공했어요?"

그 순간 A의 동공이 흔들렸다. 그 순간 나는 알아차렸다. 눈칫밥 오지게 먹은 빨치산의 딸답게.

"고졸인가?"

내가 말을 놓은 것은 고졸이라 우습게 봐서가 아니었

다. 고졸을 우습게 보다니! 내가 세상에서 제일 존경하는 내 아버지는 국졸이다. 엄마 역시 국졸. 좋아하는 작가 고리키는 정규교육을 받지 못했다. 잭 런던은 학교도 다니지 못한 채 열두 살부터 하루 열여덟 시간씩 통조림공장에서 일하다 작가가 되었고, 내가 최근 가장 사랑하는 마루야마 겐지도 대학교육을 받지 못했다. 그런데도 훌륭하다. 배운 누구보다 훌륭하다.

A가 고졸임을 알아챈 순간 말을 놓은 건 놀리기 위해서였다. A는 고졸이냐는 내 질문에 머뭇거렸다. 고졸이 확실했다. 고졸이 고졸을 부끄러워하다니! 파리8대학을 나온 유학파가 하는 프로듀서 일을 누구보다 잘하고 있으면서 고졸임을 부끄러워하다니! 있어서는 아니 되는 일이었다. 그래서 그날 밤새도록 놀렸다. 점점 취기가 오른 A가 입만 열려고 하면 나는 쯧, 혀를 찼다.

"어디 고졸이! 감히 문학박사 앞에서!"

놀리다 보니 이력이 붙어 한결 재미났다. 놀림당한 A도 이력이 붙었는지 차츰 능글맞아졌다.

"고졸도 입이란 게 있으니 말 좀 합시다!"

그 순간 우리 셋은 꺄르르 웃음을 터뜨렸다. 창밖으로 환하게 동이 트고 있었다. 고졸이라 늘 주눅 들어 있던 A의 마음에도 그 순간 따순 햇살이 찬란하게 비추었기를.

하루 묵을 작정으로 왔던 두 친구는 며칠을 머물렀다. 그 무렵엔 서울로 강의를 나가고 있어 이틀씩 집을 비웠다. 나 없는 동안에도 두 친구는 내 강아지 '호랑이'와 잘 놀고 잘 먹고 잘 마셨다. 나는 시바스 두 병을 공수해 이틀 만에 집에 돌아왔다. 신발을 벗는데 문 앞에 비뚤비뚤한 나무를 이어 붙인 푯말 같은 게 세워져 있었다.

"이게 뭐야?"

A가 근엄하게 말을 받았다.

"'문학박사 정지아의 집'이라고 써서 큰길에 세워 놓으라 했지."

그 말에 빵 터졌다.

"내일 유성 매직 사러 가려고."

유성 매직이 없어서 글씨는 아직 쓰지 못했다는 거였다. 그걸 진짜로 써서 큰길에 세웠다가는 영원히 우리 집 출입 금지당할 뻔했다.

나는 내 입으로 박사라는 말을 딱 두 번 말했다. 한 번은 A에게. 한 번은 엄마에게. 엄마가 내 소설을 읽고는 이런 얘기 쓰지 마라, 고모가 보면 어떻게 하냐, 하도 잔소리를 하기에 입막음용으로.

"어디 국졸이 문학박사 앞에서!"

A와의 사이에서처럼 꺄르르 웃고 끝나지는 않았다. 엄마가 느닷없이 눈물 바람을 했던 것이다.

"글제. 니가 박사여야이. 에미라고 돈 한 푼 못 보태줬는디 니 혼차서 박사가 됐어야이. 장허다. 우리 딸, 참말로 장허다이."

웃자고 한 말에 신파로 덤비다니! 그날 나는 급히 꼬리를 내리고 엄마 앞에서 도망쳤다. 그 외에는 어디 가서도 석사네 박사네, 학위를 언급하지 않았다. 학위 따위는 사람 됨과 아무 상관이 없다는 것을 진작에 깨우쳤기 때문이다.

아무튼 고졸의 귀여운 복수는 그렇게 막을 내렸다. 우리 집 오는 손님들 사이에서 어디 고졸이,란 말이 한동안 화제였다.

어느 날, 한 제자가 이름만 내년 알 만한 판화가를 한 분

모셔 왔다. 나는 원래 예술가와 별로 안 친하다. 노동자, 농민과 가깝고, 부르주아와 차라리 더 가깝다. 아무튼 별로 할 말이 없어 그즈음 화제였던 어디 고졸이,의 전말을 알려줬다.

판화가가 돌아간 뒤 소포가 왔다. 뭔가 열어봤더니 근사한 편백나무에 떡하니 적혀 있는 게 아닌가! 그것도 화려하고 멋진 필체로.

문학박사 정지아의 집

이런 젠장. 이걸 어쩌라고? 때마침 제자의 전화가 왔다. 까칠하기로 나를 능가하는 제자였다. 사건의 전말을 털어놓고는 물었다.

"야, 이 진지를 유머로 바꿀 수 있는 방법이 없겠냐?"

고민도 하지 않고 제자가 받았다.

"호랑이집에 걸어!"

푸하하하. 당장 유명 판화가가 직접 새긴 팻말을 들고 나의 사랑하는 맬러뮤트 호랑이집으로 향했다. 못과 망치도 챙겨서. 이런 젠장. 플라스틱 싸구려 개집은 가볍디가벼워 무거운 팻말을 감당하지 못했다. 기껏 못질을 하고 걸었더니 개집이 앞으로 고꾸라지는 것이었다.

문학박사 정지아의 집은 이러지도 저러지도 못하는 애물단지가 되었다. 귀한 나무에 유명판화가의 글씨가 새겨진 걸 차마 불에 태울 수도 없어서 결국 텔레비전 뒤에 감춰놓았다. 시간이 흐르면서 문학박사 정지아의 집은 거실 중앙에 떡하니 버티고 선 나무 기둥에 자리를 잡았다. 덕분에 술을 마실 때마다 문학박사 정지아의 집이 화제에 올랐고, 어느 날엔가 「문학박사 정지아의 집」이라는 소설이 탄생했다. 문학박사 정지아의 집에 관련된 사실만 제외하면 내 이름을 내걸었지만 그 소설은 완전 허구다. 착각하지 마시길. 아무도 관심 없는 시골 이야기라 시선을 끌어볼까 하고 제목만 그리 붙였을 뿐이다.

술을 마실 때마다 문학박사 정지아의 집이라는 팻말이 나를 내려다본다. 부끄러운 줄 알라. 그리 말하는 듯하다. 그러게. 문학박사가 뭐라고. 국졸도 중졸도 고졸도 최선을 다해 살고, 그리 산아낸 힌 생은 거하고 아틈납다. 아니, 부거운 짐이 지워진 만큼 더 귀하고 더 아름답다. 팻말을 볼 때마다 나는 떠올린다. 고졸이라는 부끄러움조차 뛰어넘게 했던 그 밤의 시바스리갈을. A는 그날 콤플렉스를 버리고 진정한 자신을 마주했다. 그날 밤의 그는, 말수 적던 그는, 취기에 잠겨 자기 이야기 마구 털어놓던 그는, 참으로 아름다웠다.

오병이어의 기적
−남원 역전 막걸리

대학 시절의 어느 초여름, 함께 자취하던 친구 A와 나는 산이 그리워 안달이 났다. 기말고사가 코앞이었지만 내 눈앞에는 공부해야 할 책 대신 지리산 세석평전의 철쭉꽃만 아른거렸다. 나는 카페에서 알바 중이었고, A는 내 알바가 끝나기를 기다리는 중이었다. 손님이 없는 틈을 타 나는 A 건너편에 털썩 주저앉아 턱을 괸 채 창밖을 바라보았다. 창밖의 들판에는 벼가 푸르게 푸르게 쑥쑥 자라는 중이었다. A가 탁자 위의 커피산을 어루만지며 말했다.

"갈까?"

나도 말했다.

"갈까?"

평일이었고 다음 날은 당연히 수업에 가야 했지만 우리가 망설인 것은 그 때문이 아니었다. 문제는 돈이었다. A가 말없이 주머니를 뒤졌다. 이만 원이 채 안 됐다. 나도 주머니를 털었다. 이만 원쯤이었다. 이 돈이면 차비와 산장 이용료, 침낭 대여료가 빠듯했다. 초코파이 하나 사 먹을 돈도 남지 않았다. A가 배시시 웃었다. A가 무슨 생각을 하는지 나는 단번에 알아차렸다.

어느 가을, A와 나는 둘이 지리산에 갔다. 각자 이만 원을 들고. 그 정도가 지리산 종주의 최소비용이었다. 안성에서 평택 가는 막차는 아홉 시였고, 평택역에서 구례구역 가는 막차는 열한 시 오십 분 출발이었다. 평택역에서 시간을 보내기는 너무 무서웠다. 그 무렵 평택역에는 늘 노숙자들이 진을 치고 있었다. 아무리 하(下)의 상(上)이라 한들 나는 여자였고, 한창때였다! 카페라도 가고 싶었지만 우리 수중에는 땀 뻘뻘 흘리며 산장에 도착한 뒤 맥주 한 캔 사 먹을 돈조차 부족했다. 해서 걸었다. 목적지도 없이. 하필 우리가 방향을 잡은 곳은 허름한 홍등가였다. 경기가 좋지 않을 때였는지 평일이라 그랬는지 오가는 사람이 거의 없었다. 홍등가 특유의 붉은 등만 쓸쓸하게 밝혀져 있었다.

한 남자가 비틀거리며 우리 앞을 걷고 있었다. 혹 술 취한 남자가 해코지라도 할까 봐 우리는 걸음을 멈췄다. 그때 무엇인가 내 눈에 들어왔다. 나는 재빨리 몇 걸음 앞으로 달려가 그것을 가만히 즈려밟았다. 비틀거리는 남자가 시야에서 멀어진 뒤에야 나는 발을 뗐다. 그리고 밟고 있던 것을 주워 들었다. 세상에! 반으로 접힌 것은 만 원짜리 일곱 장, 무려 칠만 원이었다(그분께 사과드린다. 돌려드렸어야 했는데… 그러나 그분 것이라는 증거도 없고, 취한 그분께 말을 걸기도 무서웠다. 게다가 우리는 절실하게 필요했다, 그 돈이). 절실했지만 우리는 잠시 망설였다. 경찰서를 찾아 사방을 두리번거리기도, 하기는 했다. 천만다행으로 경찰서가 보이지 않았다. 이 밤중에 다니는 사람도 없는데 무슨

수로 경찰서를 찾을 것인가,라고 스스로 위안하는 와중에 정직하기로 소문난 A가 배시시 웃었다.

"가자, 포시즌."

포시즌은 언젠가 평택 중앙극장에 영화를 보러 왔다가 구경한 적이 있는 레스토랑이었다. 경양식집도 아니고 레스토랑이라니! 이렇게 모던할 수가! 그때는 돈이 없어 사람들이 비후까스 먹는 것을 입맛 다시며 구경만 했는데, 지금 우리에게는 돈이 있지 아니한가. 무려 칠만 원이.

포시즌은 다행히 영업 중이었다. 그곳에서 우리는 늘 이런 곳에 드나드는 사람인 양 교양을 떨며 비후까스를 썰었다. 난생처음 먹은 비후까스는 A의 입맛에도 내 입맛에도 맞지 않았다. 우리는 우리의 가난한 입맛을 탓하며, 김밥이나 먹을 걸 그랬다고 후회하며, 진짜 부자라도 되는 양 무려 만 원 가까운 비후까스를 절반이나 남겼다. 그래도 배를 채운 덕분인지 지리산 가는 기차에서 우리는 춥지 않게 잠들 수 있었다.

이만 원도 없는 주제에 A는 지금 그 럭셔리했던 산행을 추억하며 배시시 웃고 있는 것이었다. 1986년, A와 나에게 있어 럭셔리의 의미란 이런 거였다. 1. 산장에 도착하자마자 캔 맥주를 사서 할리우드 영화 속 아메리칸처럼 벌컥벌컥 뽐내나게 마신다. 2. 아침에 눈을 뜨면 산장 매점에 척하니 돈을 내고 초코파이와 사이다를 사 빈속을 달랜다. 3. 부자인 듯 침낭을 각각 두 개씩 대여한다. 그 시절의 럭셔리는 이렇게나 소박했다, 소박하다 못해 하찮았다.

배시시 웃는 A 곁으로 우리가 고모라 부르던 카페 사장이 앉으며 물었다.

"너네 어디 가니? 나도 가자."

그 카페는 문창과(문예창작과의 약칭) 학생들의 아지트와 다름없었고, 우리가 지리산 종주를 한다고 하자 삽시간에 멤버가 여섯으로 늘었다. 고모는 카메라와 먹을 것을 챙기고, 누군가는 버너를 챙기고, 나와 A는 코펠을 챙기고, 또 누군가는 텐트를 빌려오기로 했다. 우리는 들뜬 가슴으로 밤 아홉 시, 안성 캠퍼스 진입로 앞 버스 정류장에서 평택행 막차를 기다렸다.

완행열차는 밤새도록 남쪽으로 내달려 새벽 다섯 시경

구례구역에 도착했다. 유월이라 벌써 날이 밝고 있었다. 거기서 또 버스를 타고 화엄사까지, 노고단에 당도했을 때는 여섯 시였다. 그날은 날도 맑았고 첫날이라 체력도 괜찮았고 먹을 것도 많았다.

다음 날, 오후 들어 구죽죽 비가 내리기 시작했다. 온통 안개에 잠긴 산은 아름답다 못해 신비로웠다. 어디선가 산의 정령이 나타날 것 같은 비경이었다. 그러나 초행인 일행들은 앓는 소리를 내기 시작했다. 내가 주저앉은 사람을 다독여 일으켜 세우고, 뒤처진 사람을 데리러 왔던 길을 되짚어갈 수 있었던 것은 빨치산의 딸의 피가 흐르고 있어서였을까? 아님 강인한 촌년이어서였을까? 아무튼 탈 없이 연하천 산장에 도착했다.

온몸은 비에 젖고, 멈춰 서니 젖은 몸이 부들부들 떨리고, 누군가 가져온 석유버너는 불이 붙지 않고, 가스버너는 엉뚱하게 가스선으로 불이 번지고, 총체적 난국이었다. 일행 중 누군가 짜증을 내기 시작했다. 나는 식사 준비를 끝낸 낯선 사람들에게서 버너를 빌려왔다. 빗줄기가 점점 거세져 우리가 만든 카레는 물 반, 카레 반이었다.

텐트 위로 굵은 빗방울이 툭툭 떨어졌다. 우리는 식사를 끝내고 가스등 아래 옹기종기 모여 앉았다. 누군가 화투를 꺼냈다. 우리는 잘 자리를 놓고 고스톱을 쳤다. 비가 계속 온다면 입구 쪽에서 자는 사람은 비에 쫄딱 젖을 게 분명했기에 우리 모두 화투패에 목숨이 걸린 양 진지하다 못해 비장한 자세로 고스톱에 임했다. 20점 내기 고스톱에서 나는 세 번째로 났다. 나의 하룻밤은… 안전할 터였다. 고모가 다섯 번째, 불 붙은 가스버너를 가져온 후배 B가 여섯 번째, 두 사람은 결과에 승복하여 텐트 입구 쪽에 나란히 누웠다. 비는 밤새 내렸고 빗물 빠지라고 텐트 둘레로 땅을 파놓긴 했지만 별 소용이 없어 그들은 밤새 잠을 설쳤다. 화투 치면서 마신 소주도 축축하게 젖어 드는 몸에는 별 도움이 되지 않았다. 다음 날 새벽, 화장실에 다녀왔더니 분위기가 싸했다. 잠 못 드는 밤, 무슨 일이 있었는지는 모르겠다. 다들 지친 기색이 역력했다.

비에 젖고 술에 젖고 비에 젖은 철쭉에 젖고, 어찌어찌 산행은 막을 내렸다. 백무동을 거쳐 남원역에 도착했더니 어둑어둑 초여름 해가 기울고 있었다. 노숙자라 해도 믿을 정도로 우리의 몰골은 꾀죄죄했다. 게다가 비 젖은 개 냄새 같은 게 모두의 몸에서 아지랑이처럼 스멀스멀 피어올랐다. 어디 앉을 자리도 마땅치 않아 우리는 역 앞 광장에 둥그렇게 원을 그려 털썩 주저앉았다. 지리산을 종주한 모두의 입에서 으으으, 비명 소리가 절로 나왔다.

그 무렵 남원역 앞에는 허름한 선술집이 하나 있었다. 해거름판의 선술집에 노인네 둘이서 막걸리잔을 기울이는 중이었다.

"안성 갈 버스비만 남기고 주머니 다 털어봐."

그렇게 모인 돈이 오천 원이었다. 안성에는 내일 새벽에나 도착할 터이고, 그 긴 시간을 견디려면 밥보다는 술이 나을 것 같았다. 착한 후배 C를 불렀다.

"야, 가자."

불평불만 많은 B가 구시렁거렸다.

"그깟 돈으로 누구 코에 붙이게."

나는 C와 함께 선술집으로 향했다. 주인 할매를 향해 나는 공손하게 허리를 숙였다. 이건 촌년의 유전자에 새겨진 습관이다. 촌년들은 어른을 만나면 무슨 생각을 하기도 전에 고개가 절로 숙여진다. 그래야 내 부모가 욕먹지 않기 때문이다. 시골에서 인사는 예의의 대명사요, 사실은 예의의 전부다.

"할머니, 쩌어기 앉아 있는 사람들이랑 마실 건데요. 막걸리 좀 주세요. 잔은 이따 다 마시고 갖다 드리면 안 될까요?"

주인 할매는 바깥을 흘깃 보고는 술잔 여섯 개와 수저 여섯 벌, 막걸리 한 되를 큰 양은쟁반에 올렸다. C가 그걸 들려 하자 주인 할매가 쯧쯧 혀를 찼다.

"술만 마실라요?"

"저희가 돈이 별로 없어서요."

할매는 가타부타 말없이 배추김치며 열무김치, 멸치, 두부지짐 같은 것들을 쟁반 가득 놓기 시작했다. 시래깃국은 대접이 넘실대도록 가득 담아 여섯 개나 올렸다. 됐다고 몇 번이나 말했는데도 할매는 내 말 따위 콧등으로도 듣지 않았다.

"묵다 모지라면 또 오씨요."

그때 막걸리 한 되가 오백 원이었던 것 같다. 아무튼 우리는 기차가 오기 직전까지 수자레 선술집을 드나들었고,

할매는 그때마다 막걸릿값만 받고는 안줏거리를 무한리
필해줬다. 할매의 푸짐한 인심 덕인지, 불콰하게 오른 술
기운 덕인지, 서로 싸늘했던 고모와 B도 다정하게 어깨를
맞댄 채 무슨 이야기를 나누었다. 막차에 올랐을 때는 누
구랄 것 없이 만취 상태였다(물론 쟁반과 술잔 등등은 얌전히
반납했다. 90도 각도의 깍듯한 인사와 함께).

일행들은 젖었다 마른 등산화를 벗고 서로의 다리 위나
다리 사이에 자신의 다리를 올려놓은 채 이내 곯아떨어졌
다. 얌전하고 소심한 A가 우렁차게 코를 곤다는 것을 그날
처음 알았다. 유난히 크고 밝은 만월이 기차를 따라 함께
달렸다. 산은 우리의 본성을 드러나게 하고, 술도 그러하
지만 때로는 누군가의 허물을 덮기도 한다.

살면서 다시는 그런 날을 만나지 못했다. 그런 날이 어
찌 흔하랴. 오천 원으로 여섯 명이 만취한 밤이라니! 할매
의 따스한 호의가 만든 기적과도 같은 밤이었다.

2부

천천히 오래오래
가만히

나를 술꾼으로 만든 건 시 쓰는 김사인 선생이다. 선생과
는 이래저래 인연이 깊다. 『빨치산의 딸』을 계간 〈실천문
학〉에 연재하던 무렵, 선생은 그 잡지의 편집위원이었다.
졸업 한 학기를 남겨두고 나는 월 삼만 원짜리 연탄 때는
자취방에서 서울살이를 시작했다. 오래된 주택의 문간방
은 옛날 집이 다 그렇듯 몹시 추웠다. 나를 안쓰럽게 여긴
실천문학 사장 송기원 선생이 실천문학사에 와서 쓰라며
방 한 간을 내수었다. 88년 겨울이었다.

아무것도 모르는 천둥벌거숭이로 실천문학사에 처음 나간 날, 내가 큰 실수를 했다는 사실을 깨달았다. 당시 실천문학은 도종환 선생의 『접시꽃 당신』이 베스트셀러가 되면서 충무로 대한극장 뒤편의 이층 주택을 구입해 사무실로 쓰고 있었다. 이 층의 제법 널찍한 거실이 편집부, 방 하나는 사장실, 다른 하나는 편집위원실, 그리고 비어 있는 방 하나가 내 차지였다. 나보다 훨씬 나이 많은 편집장까지 다 거실에서 일하는 상황인데 말이다. 난감한데도 나는 거절할 수가 없었다. 내 방에는 책상도 없었으니까. 그 추운 방에서 담요를 뒤집어쓴 채 밥상에서 일을 할 수는 없었으니까.

매일 실천문학사 가는 길이 아득했다. 나는 가급적 내가 쓰는 방 밖으로 나가지 않았다. 용변을 도저히 참을 수 없을 지경이 되어야 나가서 커피나 물까지 동시에 해결했다. 편집부를 지날 때는 가급적 굳은 얼굴로 정면만 바라보았다. 몇 달이나 그런 생활을 했는지는 기억나지 않는다.

4회의 연재를 마친 뒤 나는 〈노동해방문학〉이라는 진보적 문학잡지 창간 멤버가 되었다. 거기 김사인 선생도 있었다. 선생이 나를 불편해하는 게 직감적으로 느껴졌다. 빨갱이의 딸로 살아온 덕에 나는 눈치 하나는 귀신같이 빠르다. 연애 초기 당사자들이 연애인지 모를 때도 나는 안다. 인생은 참으로 아이러니하지 않은가? 나의 고통이 나의 능력을 만들었으니 말이다.

이러저러한 청춘의 방황에 마침표를 찍고 대학원에 갔더니 김 선생이 출강 중이었다. 선생에게 들은 어느 학기의 수업이 아직도 인상 깊게 남아 있다. 그 학기 선생은 『죽음의 한 연구』 강독을 하자고 했다. 한 주마다 한 챕터씩 읽어갔다. 선생이 감상을 물었고, 다들 꿀 먹은 벙어리가 되었다. 그럼 선생이 말했다.

"아! 좋다!"

어떤 명작은 어떤 수식어도 필요하지 않은 법이다. 그것으로 수업 끝! 우리는 다 같이 술집으로 몰려갔다. 거기서 문학과 인생을 논하는, 진짜 수업이 펼쳐졌다. 그런 낭만적인 시절이 있었다. 어느 날 취기를 빌어 선생에게 물었다. 그때쯤엔 선생이 이미 나를 어여삐 여기기 시작해서 용기가 났을 것이다.

"선생님은 내가 왜 싫었어요?"

선생은 배시시, 전매특허인 수줍은 미소를 지으며 되물었다.

"알았어어?"

알다마다! 평생 눈칫밥 먹은 빨갱이의 딸이라니까! 선생은 느릿느릿 특유의 어조로 진짜 대답을 해주었다.

"아니, 거 실천문학에서 어린애가 떡하니 방 하나 차지하고 너무 당당하잖아. 실천문학이 어떤 곳인데. 눈에 팍 힘주고 거만하게 돌아다니고… 싹수가 노랗다 싶었지."

거만하다니? 내가 그때 얼마나 주눅 들고 머쓱하고 난감했는데. 불편해서 긴장해서 돌아다닌 게 사람들 눈에는 거만하게 보인 모양이었다.

"미안혀어. 몰랐지."

선생은 따스한 손으로 몇 번이나 내 등을 다독여주었다.

그 무렵이었다. 선생이 좋아하는 제자와 함께 평창동 내 집을 찾아온 게. 내비도 티맵도 없던 시절, 나는 집 근처에 나가 둘을 기다렸다. 전작이 있었는지 홍건히 취한 두 사람이 비틀거리며 언덕길을 올라왔다.

"야! 좋다. 좋은 데 사네."

경치는 물론 좋았다. 내 집이 마지막 집, 뒤와 옆으로 북한산 등산로가 시작되었으니까. 평창동에 산다고 다 부자는 아니다. 부자들 사는 더 위쪽으로 산비탈에 빼곡하게 들어선 연립주택들이 있고, 그중 하나가 내가 세 들어 사는 집이었다. 선생이 데려온 친구는 우리 과 후배로 내가 졸업한 뒤 입학해서 얼굴을 본 적은 없는, 이름은 자주 들은 전성태 작가였다. 지금은 나의 절친한 친구인데 그날 처음 보았다.

우리는 그날로부터 3박 4일간 내리 술을 마셨다. 술은 소주였고, 배달도 없던 시절이라 안주는 내가 집에서 해 먹던 반찬 쪼가리 정도였다. 전까지 나는 술을 그렇게 마셔본 적이 없다. 오늘의 나를 만든 역사가 그날 시작되었다. 어느 순간 방에 들어간 선생이 나오지 않았다. 문을 열어 보니 곤히 잠들어 있었다. 초면인 나와 성태 둘이 어색하게 술을 마셨다. 긴 침묵 끝에 『빨치산의 딸』을 읽었다는 성태가 정말 부러운 듯이 말했다.

"누나는 좋겠소."

뭐가? 빨치산의 딸인 것이? 그래서 찢어지게 가난한 것이? 내 의아함을 읽었는지 성태가 덧붙였다.

"누나 부모님은 인텔리잖애."

성태도 나와 같은 전라도 출신이다. 나는 서울서 오래 살아 서울말을 쓰지만 성태는 아직도 사투리를 쓴다.

"인텔리? 내 부모가? 국졸인데?"

"긍게 인텔리제!"

알고 보니 성태의 부모님은 배우지 못했고, 가난하기로는 나와 도찐개찐이었다. 선생이 없는 사이 우리는 네가 낫네, 내가 낫네, 가난과 고통의 우열을 가르며 부쩍 친해졌다(국졸 내 부모를 인텔리라 우기던 성태는 못 배운 부모님과 관련하여 배꼽 잡는 에피소드가 많았다. 여기 다 쓰고 싶은 마음을 꾹 눌러 참는다. 성태는 소설가니까. 언젠가는 성태 스스로 쓸 날이 올 테니까). 우리도 자야 하지 않을까 싶을 즈음, 선생이 가만히 문을 열고 나왔다. 그러고는 다시 술잔을 잡았다. 대신 성태가 선생이 자고 나온 방으로 들어갔다. 이상도 하지. 두어 시간 자고 일어나 다시 술을 마시면 순식간에 자기 전의 취기가 돌아왔다. 교대로 쪽잠을 자며 술을 마신 사흘째인가, 선생에게 전화가 왔다(휴대전화라는 게 나온 지 얼마 안 됐을 무렵이다). 꽃같이 어여쁜 어린 딸이었다.

"아빠, 왜 안 와?"

술에 그윽이 취한 선생이 답했다.

"가고 있다. 집이 너어무 멀다."

술이 사람을 이리 만든다. 3박 4일 동안 우리는 쪽잠을 자며 내리 술을 마셨고, 흥건히 취했으나 누구도 필름이 끊길 정도로 취하지는 않았다. 적당한 취기 속에 시간이 쏜살같이 흘러갔다. 세상이 아득한데 감각은 100퍼센트 막힘없이 열려 창밖으로 후박나무 잎사귀가 땅에 내려앉는 소리가 들렸다. 동네의 자잘한 소음이 우리와 세상의 아득한 거리를 왁작왁작 메우고 있었다. 옆집과 내 집의 좁은 담 사이로 고운 햇살이 춤을 추었다. 옆집에서 숨죽인 기색이 전혀 느껴지지 않는 당당한 신음 소리가 들려왔다. 옆집은 토마스 집, 뚱뚱한 아메리칸 토마스는 나를 모른다. 나는 그를 안다. 그는 어느 대기업의 통역으로 일한다. 그가 번역한 글을 내가 감수한 적이 있었는데 우연히 보게 된 서류에 그의 집 주소가 적혀 있었다. 세상이 좁기도 하지. 내 집 바로 옆이었다. 덩치가 큰 토마스는 소리도 우렁찼다. 남녀의 교성이 세상의 자잘한 소음을 누르고 당당히 온 동네에 울려 퍼졌다. 소리에 놀란 후박나무 잎사귀가 또 한 잎 고요히 내려앉았다. 이상하게 숙연해졌다. 살아 욕망을 분출하는 토마스 부부도, 죽어 고요히 떨어지는 후박나무 잎사귀도, 종말이 머나먼 태양에서 시공을 뚫고 지구, 그것도 누추한 내 집의 담 사이에 당도한 햇살도, 모든 존재가 서글펐다. 살아있는 모든 것의 슬픔을 애도하며 나는 한 방울의 눈물을 찔끔 떨궜다. 위스키든 소주든 천천히 오래오래 가만히 마시면 누구나 느끼게 된다. 살아 있는 모든 것에 대한 연민을.

계란밥에
소주 한잔!

내 고향 반내골은 아주 좁다. 산과 산 사이, 평평한 땅이 많지 않아 집도 산비탈에 층층이 들어서 있다. 논도 몇 마지기 없는 산골 마을은 여름에도 해가 짧아 수확량조차 많지 않았다. 한 선배가 아버지 돌아가고 난 뒤 나를 반내골에 데려다주고는 숙연하게 물었다.

"뭐 먹고 살았니?"

그래도 뭐 굶주리지는 않았다. 산이 헐벗어 나무 심는 운동이 전국적으로 벌어질 때도 반내골의 산은 울창했다.

읍내 사람들이 8킬로미터를 걸어 나무를 하러 올 정도였다. 울창한 산은 송이며 능이며 더덕 같은 것들을 아낌없이 내주었고, 맑디맑은 계곡에는 가재에서부터 민물 게, 은어에 이르기까지 가난한 산촌 사람들의 단백질을 보충해줄 것들이 지천에 널려 있었다.

가구 수가 얼마나 됐을까? 열두어 가구 중 삼분의 이는 정씨네 일가붙이였고, 토박이가 아닌 집이 네 집인가 그랬다.

우리 집이 맨 위, 몇 계단을 내려가면 큰집, 또 몇 계단을 내려가면 작은집이었다. 나는 유독 큰집을 좋아했다. 큰집에는 내가 좋아하던 잘생기고 똑똑한 작은오빠도 있고, 예쁜 작은언니도 있고, 식구가 많아 늘 복작복작했다. 반면 자식이라곤 나 하나, 말수 적은 엄마와 아빠, 우리 집엔 늘 적막이 흘렀다. 명절 때도 다르지 않았다. 서울 가서 식모 사는 언니도 없고, 부산이나 서울에서 공장 다니는 오빠도 없었다. 평일이나 명절이나 우리 집은 늘 우리 셋뿐이었다.

명절이면 큰집은 서울 가서 일하던 언니 오빠들, 그 아이들로 늘 북적거렸다. 서울서 나고 자란 사촌 언니의 아이들은 얄미운 서울말을 썼다. 그랬니? 저랬니? 귀에 착착

감기는 감질나는 서울말이 어찌나 부러웠는지… 서울말보다 더 그리웠던 건 반내골 사람이 아닌, 외지의 냄새를 풍기는 새로운 사람이었을 테다. 반내골에선 늘 보던 산, 늘 보던 물, 늘 보던 사람들뿐이었으니까. 작년과 다를 바 없는 올해, 그제와 다를 바 없는 오늘, 반내골의 일상은 늘 한결같았고, 하루가 다르게 쑥쑥 커가던 그 시절의 나는 반내골에서의 시간이 죽어 있는 듯 답답했다. 고요하던 반내골이 온종일 들썩들썩 춤추는 듯한 건 오직 명절뿐이었다.

명절을 앞두고 큰집이 북적거리기 시작하면 나는 괜스레 뒤란을 어슬렁거리며 그들이 나를 알아봐주길, 오라고 손짓해주길 간절히 기다렸다. 엄마가 서울서 온 사람들이 인사하러 오기 전까지 큰집에 절대 가지 말라고 했기 때문이다. 부모 자식이라고 해도 오랜만에 만나는 터, 가슴 시린 가족 상봉에 내가 눈치 없이 끼어들까 봐서였다. 그들은 나를 늘 늦게 발견했다. 그들이 나를 발견하기 전에 견디다 못한 내가 먼저 큰집으로 쪼르르 달려간 적도 많았다.

아버지가 다사다난한 세월을 보내고 늦게 결혼한 탓에 나는 항렬이 꽤 높았다. 사촌 언니나 오빠의 자식들이 대부분 내 또래였다. 나보다 대여섯 살 많은 조카도 있었다. 그 조카는 나를 이모라는 호칭 대신 이름으로 불렀다가 어른들한테 혼쭐이 나기도 했다. 일 년에 많아야 서너 번 보는 그들의 떠들썩한 웃음에 둘러싸여 있으면서도 나는 안방에서 사랑방으로 연결된 쪽문을 자꾸만 흘깃거렸다. 그렇다. 내 최고의 관심은 그 문 너머에 있었다.

안방과 맞닿은 그 문은 자주 열리지 않았다. 굳게 닫혀 있던 문이 열리는 건 하루 세 끼 밥때뿐이었다. 어쩌다 큰집의 대식구 틈에 끼어 밥을 먹을 때 그 문이 열리는 걸 본 적이 있다. 큰어머니가 허리를 숙인 채 낮은 문을 통과해 밥상을 날랐다. 두 마리 학이 그려진 양은밥상이었다. 명절인데도 상에 차려진 반찬은 단출했다. 그 밥상보다 더 인상적인 건 문을 열자마자 훅 밀려든 정체를 알 수 없는 퀴퀴하고 후텁지근하고 불쾌한, 그런데 어쩐지 신비로운 냄새였다.

사람 하나 간신히 몸 뉘일 만한 사랑방의 주인은 내 큰아버지였다. 가까운 혈육인데도 나는 큰아버지의 정확한 나이를 알지 못한다. 그는 그냥 내 어린 시절부터 늙어 있었다. 이제 와 돌이키면 늙어 있었던 건지 취해 있었던 건지 분명치 않다. 그가 늘 취해 있다는 걸 어린 나는 잘 인지하지 못했다. 가까이 있지 않아서 술 냄새를 맡지 못한 것도 있겠지만 취했다고 해서 비틀거리지 않았기 때문이다. 그는 종일 술을 마시고 가마니처럼 가만히 누워 있었다. 자신의 방에. 큰아버지가 바깥에서 움직이는 것을 본 기억도 나지 않는다. 그래도 화장실은 갔을 테니 움직이기야 했겠지. 어느 순간에는 화장실도 가지 않았다. 방 안에 요강을 두었는지 큰어머니가 매일 짜증스럽게 알아듣지 못할 무슨 말을 속사포처럼 허공을 향해 쏘아붙이면서 양잿물로 요강 씻는 모습은 자주 보았다. 아, 요강 옆에 타구도 있었다. 타구를 씻을 때의 큰어머니 얼굴이 어찌나 심술사나웠는지 어린 나는 마귀할멈이 있다면 저런 모습일 거라 상상하기도 했다.

이제는 알겠다. 평생 돈 한 푼 벌지 않는 남편, 그것도 허구헌 날 술만 마셔대다 움직이지도 못하게 된 남편의 침과 가래가 범벅이 된 타구를 씻는다는 게 얼마나 고통스러웠을지. 고통이라는 밀도로 부족하셨지. 그 순간 큰어머니는

101

모욕과 치욕을 느끼지 않았을까. 큰어머니가 지푸라기로 그토록 벅벅 닦아낸 것은 침과 가래가 아니라 그러한 모욕과 치욕을 안겨준 인생이란 놈이었을지도 모르겠다.

어떤 날, 내가 왜 큰아버지의 방에 들어갔는지는 기억나지 않는다. 나보다 한참 어린 우리 집 장손이 대여섯 살 무렵이었다. 나와 장손이 그 금기의 방에 있다. 방 안의 풍경이 요강의 위치까지 환하게 기억난다. 안방과 붙은 쪽으로 오래도록 개지 않은 요가 깔려 있고, 큰아버지는 이불을 뒤집어쓴 채 화로 옆에 앉아 있다. 겨울이었다. 화로 안에서는 숯이 새빨간 불길을 토해내고 있다. 나와 장손은 큰아버지 맞은 편에 무릎을 꿇은 채 앉아 있다. 화로 옆에 놓인 은색 양은밥상 위에 시어빠진 김치 몇 점이 놓인 작은 종지와 소주가 가득 담긴 사기대접이 놓여 있다. 밥상 아래 거의 비어 가는 소주 됫병이 보인다. 세 걸음쯤 떨어진 곳에는 큰어머니가 매일 아침 닦던 요강이 뚜껑이 덮인 채 놓여 있다. 먹고 싸고 자는, 인간이 해야 할 모든 일이 동시에 행해지는 마법의 방 같다.

큰아버지가 손에 쥐고 있던 날계란을 윗부분만 톡 깨어

입에 털어 넣는다. 그러고는 방문에 매인 줄을 흔든다. 딸랑딸랑 소리가 나자 큰어머니의 심통 난 얼굴이 안방과 연결된 방문 틈으로 쏙 등장한다.

"계란밥 헐랑게 쌀 쪼까 씻어오니라."

큰어머니가 작은 소리로 고시랑고시랑하면서 사라진다. 큰어머니의 말소리는 늘 너무 작아서 도무지 알아들을 수가 없다. 잠시 뒤 큰아버지가 조금 전에 깨 먹은 계란 안에 조심스레 쌀을 담고는 소주를 찔끔 붓는다. 큰아버지는 화로 안의 숯을 뒤적거려 좁은 공간을 만들고 거기 계란을 똑바로 놓는다. 큰아버지 방의 벽지는 오래도록 알코올과 담배 연기를 빨아들여 본래의 제 색을 잃은 지 오래다. 방이 쩌든 담배 냄새와 쉰 술 냄새와 오줌 냄새를 뿜어내는 것만 같다. 그 오묘한 냄새를 뚫고 계란 익는 고소한 냄새가 마침내 우리의 코끝을 맴돈다. 장손과 나를 번갈아 보던 큰아버지는 밥상의 내 앞쪽에 계란을 툭 내려놓는다. 아마 어린 장손이 뜨거워서 껍질을 깔 수 없다고 판단했겠지. 수십 년 묵은 모든 냄새를 압도하는 새롭고 신선하고 고소한 냄새가 우리를 유혹한다. 뜨거운 손가락을 귓불에 대가며 나는 조끔씩 껍질을 벗긴다. 첫입은 장손에게 양보하는 미덕을 발휘하며, 나는 천천히 계란밥을 씹었다. 계란찜에 밥을 비빈 것과는 비교도 할 수 없게 담백하고 깊은 맛이었다. 가히 내 인생 최고의 밥이었다. 생각해보니 내가 먹은 최초의 술이기도 했다. 끓으면서 알코올이야 다 날아갔겠지만.

이상하게 그날이 잊히지 않는다. 언젠가 큰집 큰언니에게 물었다. 큰아버지는 왜 그렇게 술만 마셨느냐고. 왜 평생 일을 하지 않았느냐고. 큰언니는 체머리를 흔들면서 무심하게 말했다.

"양반집 장손으로 귀하게 커서 그랬겄제. 아부지 땜시 울 어매만 직싸게 고생을 했제. 그 고생을 워찌 다 말로 허겄냐."

큰아버지 사연을 물었더니 큰언니는 큰어머니 고생한 이야기만 잔뜩 늘어놓았다.

고모에게도 물은 적이 있다. 고모의 대답도 별반 다르지 않았다.

"원체 심보가 고약했어야. 나 어릴 적에는 그 인사헌티

104

월매나 뚜드레 맞았다고. 양반이라 일은 안 한담서 욕은
오지게도 잘했어야."

왜 때렸냐고 물었더니 밥 늦게 가져온다고, 부르면 제
까닥 안 온다고, 이유도 총천연색으로 사소하게 찬란했다.
이상도 하지. 그런데도 나는 큰아버지가 밉지 않다. 어쩐
지 아무도 모르는 어떤 이유가 있을 것만 같다. 이미 무기
력해져서 말도 잘 안 하고 움직이지도 않는 모습만 본 탓
일 수도 있다. 어쩌면 그날의 계란밥 때문일지도 모르겠
다. 알코올중독이었으니 참으로 귀했을 소주를 부어 만들
어준 계란밥, 그 밥을 장손도 아니고 동생의 딸에게 건네
준 그 마음 때문에 어쩐지 나는 큰아버지를 미워할 수가
없다. 그에게도 그만의 사정이 있지 않았을까? 그도 어쩌
면 손주에게 계란밥 만들어주고 고구마 구워주는 따스하
고 평범한 남자로 살고 싶지 않았을까?

그는 갔고, 남은 사람들은 그에 대한 원망밖에 갖고 있
지 않다. 그를 이해하려 애쓰기에는 아직도 그 미움이 너
무 크다. 사촌들의 그 마음을, 맞고 자란 고모의 그 마음을
알면서도 나는 간혹 뭐라 말할 수 없는, 인간의 모든 냄새

가 밴 그 방이 그립다. 부들부들 떨리는 손으로 소주를 숟가락으로 떠 계란에 붓던, 큰아버지의 그 조심스런 손길이 그립다. 어쩌면 인생이란 그렇게 속절없는 게 아닐까, 무슨 일로 심사 복잡한 날이면 고립된 우주 같던 큰아버지의 방이 떠오르고, 큰아버지에게 술 한잔 대접하지 못한 게 마음에 얹히고, 위스키가 아닌 소주가 그리워진다. 위스키로는 달래지지 않는, 소주로밖에는 달랠 수 없는 어떤 슬픔이, 우리 민족에게는 있는 모양이다.

블러디 블라디

블라디보스토크에 처음 간 것은 지금으로부터 9년쯤 전이다. 내가 아버지처럼 사랑하는 은사님이 있다. 친한 선배들과 은사님을 모시고 일 년에 두 번쯤 여행을 다닌다(그 오사카 여행의 멤버들이다). 아쉽게 코로나로 몇 년 떠나지 못했고, 은사님은 그사이 몇 시간의 자동차 여행도 버거운 연세가 되었다(은사님의 정체는 뒤에서 밝힐 예정이다). 해외여행은 이번이 마지막일지도 모른다는 생각으로 블라디보스토크를 선택했다. 도시명이 너무 길어서 우리는 편의상

'블라디'라 부른다.

여행 계획을 짠 건 우리나라 최초의 레저 기자였던 선배다. 선배가 그토록 활동적이며 부지런하다는 것을 우리는 그때까지 알지 못했다. 그게 악몽의 시작이었다. 게다가 선배는 진지한 좌파이기도 했다. 블라디 3박 4일 일정이 온통 항일유적지 답사였다. 그것도 빽빽하게!

내 평생 그렇게 힘든 여행을 해본 적이 없다. 원래 일정 빽빽한 단체여행을 싫어하기도 하고, 편한 사람들 서넛과 간 여행은 대체적으로 술이 중심이었다. 그러나 첫 블라디 여행이 힘들었던 건 일정 때문만이 아니다. 연해주 항일투쟁의 중심지였던 신한촌, 이상설 선생의 유해를 뿌렸다는 수이푼[秋風]강 옆에 세워진 허름한 유허비, 곳곳에서 마주친 고려인들(나와 비슷한 연배라는 한 고려인 상인의 치아는 시커멓게 변해 있었고, 내 엄마라고 해도 믿을 듯한 외모였다. 고달픈 한 생의 무게가 고스란히 얼굴에 드러난 듯했다), 1937년 중앙아시아로 이주당했던 고려인들이 소련 몰락 이후 돌아와 둥지를 튼, 보기만 해도 가난의 그림자가 느껴지는 고려인촌, 하나하나의 사연이 한 나라의 역사만큼이나 무거운 고려인연합회에서 만난 사람들, 그 모든 무게에 짓눌려 숨이 막혔다.

느지막이 숙소로 돌아와 술을 마셔도(함께 간 일행들은 주종을 가리지 않는 사람들이라 내가 좋아하는 위스키 대신 각종 보드카를 마셨다) 좀처럼 취기가 오르지 않았다. 누구도 가벼운 화젯거리를 차마 꺼내지 못했다. 그렇다고 무겁디무거운, 이제 와 해결할 수도 없는 고려인들의 저 참담한 역사를 술안주로 삼을 수도 없었다. 다들 침묵한 채 무색무취의 보드카만 부지런히 들이켜고, 일찌감치 뻗었다. 다음 날 또 빡센 일정이 대기 중이었으므로.

사흘째 되는 날, 렌트한 차량의 운전자이자 안내인인 김 선생이 아침부터 정신줄을 놓고 어딘가와 부지런히 통화를 주고받았다. 하마터면 차 사고가 날 뻔도 했다. 우리 모두 불안해서 차라리 잠깐 쉬자고 했다. 내가 무슨 일이냐 물었다. 대뜸 김 선생이 돈을 좀 빌려달란다. 처음 본 사이에 돈거래라니? 대체 뭐 하는 사람인가 싶었다.

사연인즉슨 이러했다. 김 선생은 돈 못 버는 사업가인데 어디서 들어올 돈을 믿고 고려인 백 명에게 고국 방문

여행을 시켰다. 그런데 돈은 들어오지 않았고, 당장 한국에 있는 고려인 백 명의 숙박이 문제였다. 예약한 호텔 측에서는 돈을 송금하지 않으면 숙박을 취소한다고 했다. 김 선생의 말을 어디까지 믿을 것인가는 둘째요, 당장 노인네 백 명의 하룻밤 잠자리가 문제였다. 다행히 다음 날 귀국 예정이라 그날의 잠자리만 해결하면 되는 모양이었다.

의심 많은 나는 여행사 직원을 바꿔 달라고 했다. 직원과 직접 통화한 결과 김 사장이 말한 상황은 돈이 원래 들어오기로 했다는 부분만 제외하면 다 진실이었다. 대학 교수로 있는 선배에게 전화를 했다. 기숙사를 하루만 빌려줄 수 있는지 물었으나 아직 방학 전이라 불가능하단다.

원래 예약한 숙소가 이천이라기에 거기서 멀지 않은 안성의 지인들에게 다시 전화를 돌렸다. 여러 사람이 힘을 써준 덕에 단독펜션 세 채를 빌렸다. 고려인 동포라 했더니 기꺼이 돈을 받지 않겠단다. 얼마나 고마운지. 잠시 뒤 여행사 직원에게서 전화가 왔다. 펜션에는 한 채당 더블 침대 하나뿐이라 다들 바닥에서 잠을 자야 하는데, 고려인 동포들은 바닥에서 잠을 자본 적이 없고, 다 고령이라 삼십 명당 하나뿐인 화장실이 더 큰 문제라고 했다. 고민 끝에 안성의 지인들이 원래 예약한 호텔 비용을 처리했다. 물론 내가 갚기로 했다. 김 사장이 돈만 들어오면 자기가 갚겠다고 했으나 돈 안 갚겠다는 사기꾼은 세상에 없으니 믿지 않았다(돈 대신 몇 번에 걸쳐 차가버섯 엑기스를 보내던 김 사장은 어느 순간 연락을 끊었다. 기대가 없었으니 크게 실망하지는 않았다).

아무튼 나는 전화 몇 통화에 400만 원쯤을 날리고(그 시절의 나는 돈벌이가 힘들어 약간의 빚을 지고 있었다. 그런 주제에 고려인의 숙소 걱정이라니! 이런 걸 일러 대책 없는 오지랖이라 한다), 내 돈 덕에 정신 차려 한결 안정적으로 운전을 한 김 사장의 차를 타고 지금은 잊어버린 어느 지역의 고려인 연합회로 향했다.

고려인들의 말은 그냥 들으면 우리말 같은데 아무리 듣고 있어도 해석이 되지 않을 때가 많다. 칠십 줄의 한 할머니가 뭐라뭐라 계속 말을 하는데 도무지 이해할 수가 없었다. 그러면서 우리를 놔주지 않았다. 듣다못한 은사님께서 내 귀에 속삭였다.

"지금 우리한테 뭐 해주라는 말이지? 장구를 사달라는 말인가? 얼른 사주고 가자."

그건 아닌 것 같은데 뭔가 원하는 게 있는 눈치긴 했다. 시간은 흐르고, 돈도 썼지, 마음은 무겁고, 에라 모르겠다, 단도직입적으로 물었다.

"선생님, 저희가 뭘 해드리면 될까요?"

칠십 할머니의 눈빛이 반짝 빛나더니 서랍 속에서 뭔가를 꺼내 우리에게 건넸다. 러시아어로 쓰여진, 두툼한 A4 용지 한 묶음이었다. 러시아어를 모르긴 하지만 몇 장 들춰보니 고려인의 역사를 기록한 내용인 듯했다. 중간중간 흐릿하게 인쇄된 사진들이 삽입되어 있는 걸로 미루어 짐작컨대 보통 공력을 들인 원고가 아니었다. 이 내용을 책으로 만들어 고려인의 정신을 잃어가는 4세들이 볼 수 있도록 러시아 전역의 고려인연합회에 배포하는 게 칠십 할머니의 꿈이라고 했다. 느닷없이 분위기가 숙연해졌다.

대기업 이사로 있던 한 선배가 물었다.

"얼마가 필요합니까?"

전국 고려인연합회에 배포할 몇백 권의 책을 만드는 데

필요한 돈은 칠백이라고 했다. 선배가 망설이기에 내가 옆구리를 찔렀다.

"형네 회사 재단에서 좋은 일 많이 하지 않아요?"

선배가 흔쾌히 대답했다.

"까짓것, 한 천 권, 올칼라로 뽑아준다캐라."

할머니의 눈이 휘둥그레졌다. 아무래도 못 믿겠다는 눈치였다. 내가 사기를 좀 쳤다. 이 양반이 한국에서 높은 양반이라 약속 꼭 지킬 거라고. 그제야 할머니 눈이 촉촉하게 젖어 들었다. 할머니는 다음 날, 됐다는데도 기어이 공항까지 우리를 배웅 나와 한 명당 보드카 한 병과 초콜렛박스를 건넸다. 딸네 집에 얹혀사는 신세라 사위가 삼 층까지 쌀을 지고 올라올 때마다 눈치가 보인다던 할머니인데 그 돈이 어디서 났는지, 비행기를 타고 돌아오는 내내마음이 짠했다.

아무튼 할머니의 책 출판 약속을 마지막으로 우리의 빡센 일정이 막을 내렸다. 그날 밤 우리는 편안한 마음으로 술을 마셨다. 몸은 전날보다 더 피곤한데 이상하게 마음은 뿌듯했다. 식당의 한국인 사장이 우리 마음을 읽었는지 고급 보드카라며 짜르스카야를 권했다. 라도즈스키 호수의 물로 만든 최고의 보드카라나 뭐라나. 이름조차 황제의 술이란다.

"치아라마. 이름이 그 뭐고? 인민의 술로 가져오라 안카드나."

"형. 우리 오늘 황제 못지않은 하루를 보내지 않았어? 우리도 황제의 술을 마실 자격은 있는 것 같은데?"

은사님이 환히 웃으며 고개를 주억거렸다. 우리 일행은 그날 밤 행복하게 만취했다. 무색무취의 보드카에서 인간의 향기가 느껴지는 듯했다. 지난밤의 술이 쓰디썼던 것은 보드카여서가 아니었다. 아직도 해결되지 않은 우리 민족의 상처, 아직도 그 상처에 짓눌린 고려인들, 무엇보다, 날로 발전한 대한민국에서 고려인의 아픔 따위 상관없이 두 발 뻗고 살아온 우리 자신의 무관심과 무능력이 술맛을 쓰디쓰게 만들었던 것이다.

내 돈을 생각하자면 블러디 블라디였다. 하지만 내 평생 보드카를 그리 달콤하게 마신 것은 처음이자 마지막이다. 사백의 빚을 갚느라 똥줄이 타기도 했으나 괜찮다. 보드카와 행복한 기억이 생겼으니. 고작 사백의 돈으로는 살 수 없는 아름다운 기억이었다. 핏빛으로 뜨겁게 행복했던 블러디 블라디!

나의 화폐 단위는 블루

블라디가 문제다. 블라디에만 가면 사건 사고가 끊이지 않는다. 이게 다 돈 많은 방송국 놈들 탓이다.

친한 드라마 작가 Y가 있다. 내가 세상으로 잘 나가지 않으니 자기가 좋아하는 사람들을 하나씩 내게로 물어온다. 덕분에 잘나가는 피디를 여럿 알게 되었다. 그들과 블라디에 간 적이 있다. 그들은 검색대를 통과하자마자 한 방향으로 향했다. 걸음이 멈춘 곳은 주류 코너였다. 으하하. 이건 나의 코스이기도 하다. 면세점의 다른 물건에 나는 아무 관심이 없다. 오직 주류 코너에서만 돈을 쓴다. 내가 나의 친애하는 블루(조니워커 블루라벨의 약칭)를 유일하게 영접할 수 있는 곳이기도 하다.

언젠가 선배 언니 부부와 몽골에 갔다. 면세점 주류 코너에서 블루 두 병을 집어 들었더니 언니가 쌍욕을 했다. 언니 부부는 욕의 대가다(이들의 일상은 이런 식이다. 아침에 출근하는 남편이 아내를 발로 걷어차며 소리친다. 야 이년아. 밥 줘. 눈도 뜨지 못한 채 마누라가 되받는다. 씨발놈아, 너는 손이 없냐 발이 없냐! 다 해놨으니까 알아서 처먹어! 폭력적이라고 놀라면 안 된다. 당연히 장난으로 차는 시늉만 했을 뿐이고, 나는 이 부부처럼 금실 좋은 부부를 본 적이 없다).

"미친년! 돈도 없는 게 통만 커가지고!"

언니는 기어이 내 손에서 블루 한 병을 빼앗았다. 어쩔 수 없이 한 병만 샀다. 여행은 일주일이고 위스키는 당연히 모자랄 것이고 몽골 시골에서는 위스키도 구할 수 없는데… 내돈내산인데 자기가 왜 난리람. 입이 댓 발이나 나온 나를 언니가 잡아끌었다. 끌려간 곳은 선글라스 매대였나. 너도 하나 골라보라는 말에 집어 들었다가 기겁을 했다. 선글라스 가격이 50만 원이 넘었다. 1리터짜리 블루 두 병을 사면 35퍼센트 할인이 돼서 48만 원이었다. 그러니까 고작 안경 하나가 블루 두 병보다 비싼 것이다. 화들짝 놀라 선글라스를 내려놓고는 언니를 째려보았다. 언니는, 집에 명품 선글라스가 다섯 개도 넘게 있는 언니는, 선글라스를 들고 거침없이 계산대로 향했다.

"언니! 블루 두 병 값이야. 언니는 그 돈을 쓰는데 나는 왜 안 돼?"

"어머어머. 얘 계산법 좀 봐. 정말 미친년 맞구나. 술은 마시면 없어지지만 이건 남잖니! 그리고 난 너보다 부자잖아!"

쳇! 돈 많다고 유세는. 그럼 한 병 사주기나 하든가(물론 좋은 술도 많이 얻어먹었다).

"새걸 계속 사야 한다는 점에서는 다를 바가 없지. 이거 사도 다음에 또 살 거잖아?"

언니가 웃음을 터뜨렸다.

"사라, 사!"

"응! 언니는 선글라스, 나는 블루!"

쉰도 넘은 늙은 게 아이처럼 신이 나서(생각해보니 내 돈

주고 사는 술인데 언니 허락을 굳이 구할 필요도 없었구만) 주류 코너로 달려갔다. 블루 한 병만 추가하지 않았다. 언니가 안 보는 틈에 시바스리갈 18년도 두 병이나 샀다. 음. 이 정도면, 다른 일행들이 탐만 내지 않으면 일주일 내내 위스키와 함께할 수 있겠어, 안도의 한숨을 내쉬며.

블루 한 병 사기 위해 동행자의 눈치를 봐야 했던 평소의 여행과 달리 방송국 것들은 위스키 구입에 거침이 없었다. 인당 두 병씩, 일행이 일곱, 그래서 블루가 열네 병! 블루가 두 병씩 든 면세점 봉투가 일곱 개 줄지어 서 있는 걸 보니 실실 웃음이 났다. 내 평생 눈앞에서 실물로 그만한 양의 블루를 본 건 처음이었다. 사람은 역시 큰물에서 놀아야 하는 모양이다. 글 쓰는 판에서 나는 위스키 먹는다고 변절자란 소리도 들었다. 드라마를 썼어야 했는데… 드라마 판에서는 블루를 소주처럼 마시는데 왜 소설가는 위스키를 마신다고 변절자가 되어야 한단 말인가. 억울하다!

블루 열네 병을 쌓아놓고 마시는 꿈의 술자리, 결국은 술이 우리를 마셨다. 다음 날 아침, 해장이 시급했다. 블라디까지 와서는 살하는 한식당을 수소문해서 육개장을 먹었다. 육개장은 술을 부른다. 나는 따로 챙겨온 블루를 꺼내고, 다른 사람들은 벨루가 실버를 주문했다. 벨루가는 앞서 말한 드라마 쓰는 Y 작가가 최애하는 보드카다. Y 작가는 냉동고에서 살짝 얼린 보드카를 좋아하는데 난 찬술은 젬병이다. 금방 취한다.

우리는 블루와 벨루가에 취해 자리를 떠날 수가 없었다. 늦은 오후에야 아시아 최대 규모의 대학이 있다는 섬에 가서 조금 걸었는데 잘 기억나지 않는다. 블루를 품에 안은 채 바다를 내려다보며 블루와 어울리는 풍경이네, 어쩌고 저쩌고 헛소리를 지껄인 기억만 난다.

집에 돌아와서야 내 핸드백이 사라진 걸 알아챘다. 그 핸드백으로 말할 것 같으면 누가 선물해준, 나에게 하나밖에 없는 샤넬이었다. 샤넬이 사라진 건 문제가 아니었다. 그 안에 든 여권이 최우선이요, 신용카드가 둘째였다. 술이 확 깼다. 밤이라 대사관에 연락할 수도 없고, 출국은 다음 날 오후고, 어떻게 해야 하나 고민하는 참에 호텔 프런트에서 연락이 왔다. 내 여권과 지갑을 어떤 택시 기사가 놓고 갔다는 것이다. 지갑도 오래된 제자가 선물해준 버버리였는데, 누군가 샤넬만 알고 버버리는 몰랐던 모양이다. 돌아온 게 어디인가! 나는 근심 걱정을 싹 버리고 나의 블루에 집중했다. 낮술의 여운이 가신 게 좀 아쉬웠지만 아직 블루는 쌓여 있으니 걱정할 것도 없었다.

Y 작가가 아까워 죽겠다는 표정으로 물었다.

"언니! 그 샤넬이 얼마인 줄이나 알아?"

물론 모른다. 선물 받고 알아볼 생각도 하지 않았다. 아마 상상 초월로 비싸겠지…는 아니다. 사실 그 샤넬은 진품이 아니었다. 그래서 태연할 수 있었던 것이다. 뒤에 등장할 회장님 공장이 있는 중국에 갔을 때 회장님이 골프 치러가면서 나에게는 쇼핑이나 하라고 직원을 붙여주었다. 그 직원이 안내한 곳이 유명한 짝퉁 시장이었고, 회장님 지시라며 몇 개의 짝퉁 가방을 사주었다. 내가 평소 명품을 밝히지 않아 그런지 어쩐지 다른 사람들은 그 짝퉁 가방을 모두 진짜라 여겼다. 그러든가 말든가. 진품이면 어떻고 짝퉁이면 어쩔겨! 그날은 Y 작가가 발 동동 굴리는 모습이 재밌어서 짝퉁이라는 사실을 알리지 않았을 뿐이다.

"육백이 넘어, 육백이!"

"육백이면… 음…"

계산이라면 젬병인 내가 이럴 때만 머리가 비상하게 돌아간다.

"백화점에서 블루 스무 병을 살 수 있겠네. 아, 아깝다 블루 이십 병. 근데 뭐 내 돈 주고 산 게 아니었으니 블루를 사 먹을 수도 없었어."

Y 작가가 헛웃음을 터뜨렸다.

"언니는 블루가 화폐 단위냐?"

나는 해맑게 소리쳤다.

"응!"

"어이, 정작(정 작가의 준말)! 술 좀 따라봐. 끼고 있지만 말고."

그러고 보니 나는 그 순간에도 블루 한 병을 소중하게 품에 안고 있었다. 드라마 피디들과 함께한 블라디에서 나는 오직 블루로만 취했다. 12년도 섞지 않고 순수하게 오직 블루로만. 그런 날이 또다시 올까? 나는 아직도 줄지어 서 있던 블루 열네 병이 눈에 선하다. 참으로 그리운 순간이다.

샥스핀과 로얄살루트
그리고 찬밥

십여 년 전, 선배 소설가의 소개로 한 회장님을 만났다. 뭐여차여차 내가 할 수 있는 일이 있어서. 일로 간단한 만남을 가진 얼마 뒤 회장님이 신라호텔 중식당으로 불렀다. 그렇다! 최모 씨가 자주 가서 유명해진 바로 그 전설의 식당이다. 돈 없는 소설가인 나도 그 식당에 가봤다. 회장님 덕분에. 그런 식당이 있다는 것도, 그런 고급식당에서는 돈만 많으면 메뉴에도 없는 음식을 먹을 수 있다는 사실도 그날 처음 알았다.

회장님의 지인 몇과 함께한 그날, 첫 코스는 샥스핀이었다. 샥스핀 정도는 나도 먹어봤다고! 호기롭게 첫 숟가락을 입에 넣은 순간 깨달았다. 내가 지금까지 동네 중국집 코스요리에서 맛봤던 샥스핀은 샥스핀맛 수프였다는 것을. 사람들이 이래서 악착같이 돈을 버는 건가? 평소 돈 욕심 없던 나도 처음으로 돈을 벌어볼까, 욕심이 생겼다.

위대한 장수가 승전보를 알리듯 그날의 얘기를 했더니 지인들이 물었다. 진짜 샥스핀은 어떤 맛이냐고. 음. 아무 맛도 아니다. 아무 맛도 안 난다. 그런데 담백하고 맛있다! 아무 맛도 안 나는데 맛있다는 게 말이 되느냐고 다들 따져 물었다. 그렇긴 하다. 그래도, 목에 칼이 들어온대도, 맛은 있었다. 아무 맛도 안 나는 게 정말 맛있었단 말이다. 그렇게밖에 달리 설명할 길이 없다.

이름도 모르고 맛도 잘 모르겠는 코스요리 두어 개가 더 나온 뒤 주방장이 모습을 드러냈다. 회장님은 그곳의 단골이고, 주방장도 회장님을 잘 아는 눈치였다. 회장님께 정중하게 인사를 한 뒤 주방장이 말했다. 아니, 그런 고급식당은 주방장이 아니라 셰프라고 해야 하는 건가? 몰라서 저지른 결례이니 부디 용서하시길.

"오늘 경매에서 정말 좋은 꼬리지느러미를 칠백팔십만 원에 구했습니다. 꼬리지느러미를 최고로 칩니다. 회장님께서는 참으로 운이 좋으십니다."

780만 원이라고 기억하는데 내 기억이 틀릴 수도 있다. 얼마가 됐든 당시에 듣건대 상상을 초월하는 가격이었다. 그때 우리 일행이 여섯인가 일곱인가, 고가의 꼬리지느러미로 만든 샥스핀은 우리 상에만 올렸다고 했다. 그러니 샥스핀 수프만 해도 인당 원가가 100만 원쯤 하는 셈이었다. 내가 머리털 나고 그때까지 먹은 음식 중 제일 비쌌다. 비싼 만큼 맛있기도 했지만 내 돈 내고 먹으라면 경기를 일으키지 않을까?

아무튼 그날 생전 처음으로 먹어본 음식이 많았다. 불도장도 처음 먹었고, 제비집 수프도 처음 먹었다. 샥스핀만으로 배가 차 불도장은 그냥 그랬다. 회장님이 말레이시아에서 직접 공수했다는 제비집 요리는, 역시 맛있었다. 그 또한 무(無)맛이었다. 샥스핀보다 더 가볍고 맑고 깔끔하면서 아무 맛도 아닌 맛? 나는 아무래도 아무 맛도 아닌 맛을 좋아하는 모양이다.

샥스핀이고 제비집이고 간에 그날의 압권은 로얄살루트 38년이었다. 로얄살루트는 내가 딱히 좋아하는 술은 아니다. 나는 술 역시 순수하고 깔끔한 맛을 좋아한다. 그래서 발렌타인 30년(흔히 줄여서 '발삼'이라고 한다)보다는 반값밖에 안 하는 조니워커 블루를 더 좋아한다. 로얄살루트는 그전까지 21년밖에 못 먹어봤지만 블루보다는 발삼에 가까운 맛이다. 깔끔하다기보다 복잡하달까? 물론 발삼을 좋아하는 친구들은 복잡하다는 표현 대신 풍부하다는 표현을 쓴다.

내가 딱히 좋아하는 술은 아니지만 뭐 어떤가. 공짜인데다 앞으로도 내 돈 주고 마실 리 만무한 38년인데. 문제는 회장님의 취향이 나와 달리 온더락이라는 점이었다. 회장님은 자신의 취향대로 모두의 온더락 잔에 그 비싼 로얄살루트 38년을 따라주었다. 38년은 21년에 비해 훨씬 깔끔했다. 내가 느끼하고 복잡하다고 느낀 맛이 세월 속에 숙성되면서 깔끔해진 모양이었다. 한마디로 마실 만했다(이 패기라니!).

로얄살루트를 두 병이나 마시면서 나는 못내 아쉬웠다. 내 방식대로 스트레이트로 마셔보고 싶었던 것이다. 회장님 앞이라 다들 체면치레를 하는 것인지, 아니면 원래 온더락을 좋아하는 것인지 아무도 이의를 제기하지 않았고, 어쩌다 그 자리에 초청된 한낱 소설가 나부랭이인 나도 차마 입이 떨어지지 않은 채로 자리가 파했다.

내 평생 못 먹을 음식과 술을 마시고 났음에도 뭔가 마음이 찝찝한 채로 로비까지 내려왔는데 회장님께서 한마디 했다.

"정 작가는 한잔 더 하시겠소?"

넵! 물론입니다. 회장님!,이라고 감읍할 뻔했다. 튀어나오려는 속된 욕망을 간신히 억누른 채 자존심을 지켰다.

"시간은 괜찮습니다만…(푸하하하!)"

비서실장과 회장님 아들과 함께 로비의 어디 어디로 걸어갔더니 룸이 나왔다. 이번에도 회장님은 로얄살루트 38년을 주문했다. 나중에 안 것이지만 회장님은 나와 달리 발삼파였다. 그러니 로얄살루트도 좋아하겠지. 이번에도 온더락 잔에 따라주는데 나도 모르게 속엣말이 튀어나왔다.

"회장님이 주시는 대로만 마셔야 됩니까?"

회장님이 깜짝 놀랐다. 늘 온더락으로 따라주었고 그 누구도 감히 거기에 태클을 걸지 않았을 테지. 하지만 술에는 취향이 있는 법이고, 모름지기 인간은 제 취향대로 술을 마셔야 하는 법이다. 상사 눈치 보며 직장생활하는 것도 죽을 맛인데 술자리에서까지 남의 눈치를 봐서야 되겠는가? 나는 눈치 봐야 하는 술자리를 좋아하지 않고, 제가마시는 술이 맛있다며 강제로 권하는 어떤 사람과도 친하게 지내지 않는다. 건배를 강요하는 사람도 내 지인 중에는 없다. 각자가 좋아하는 술을 각자의 페이스대로! 이것이 나와 지인들 술자리의 기본 원칙이다.

"그럼 어떻게…"

"괜찮으시다면 저는 스트레이트로 마시겠습니다!"

호기롭게 외쳤고, 회장님이 빵 웃음을 터뜨렸다. 회장님은 흔쾌히 스트레이트잔을 요청했고, 그 비싼 술을 잔이빌 때마다 손수 따라주었다. 나는 술을 계속 따라주는 것도 별로 좋아하지 않는데 그날은 좋았다, 몹시 좋았다. 희

석되지 않은 원액 그대로의 로얄살루트 38년은 확실히 블루보다 깊고 그윽했다. 내 입맛에 좀 달기는 했지만서도 (이래서 나의 지인들이 나를 가난한 공주라 욕하는 모양이다).

이 재밌는 아이는 뭐지,라는 눈빛으로 나를 지켜보던 회장님이 이번에는 세계에서 제일 좋다는 다비도프(이 또한 취향이다. 나는 별로 좋아하지 않는다. 너무 잘 만든 탓인지 잘 빨리지 않기 때문이다)를 꺼내며 물었다.

"피시겠소?"

회장님은 중식당에서도 다른 일행들에게 담배를 권했다. 다른 일행들은 묵직한 직함에 걸맞게 담배를 피우지 않는지 다 거절했다. 유일한 흡연자인 나만 학수고대하였으나 회장님은 나에게만 권하지 않았다. 서운하게시리. 나는 냉큼 담배를 받아들며 소리쳤다.

"기다리고 있었습니다!"

이번에도 회장님은 빵 터졌다. 나 같은 사람은 처음이었을 것이다. 기대가 없으면 아무리 높은 사람 앞에서도 굽실거릴 필요가 없다. 나는 회장님에게 아쉬울 게 없었다. 하여 당당할 수 있었다. 회장님 옆에는 잔뜩 기대하는 사람들 천지였을 테고, 당당한 내가 회장님은 마음에 들었다. 결국 그 때문에 나를 잘랐지만.

나는 회장님을 오래 만나고 싶었다. 왜 아니겠는가. 회장님 옆에만 있으면 최소 발렌타인 30년이 끊이지 않고 나오는데. 진짜 샥스핀을 먹을 수 있는데. 그런데 회장님은 약속을 잡을 때 단 한 번도 나의 일정을 묻지 않았다. 회장님에게 잘릴 빌미를 준 그날도 그랬다. 그날도 나는 회장님과 신라호텔 중식당에서 로얄살루트 38년을 거하게 마신 뒤 밤 열 시 막차를 타고 구례로 향하는 중이었다. 회장님에게서 전화가 왔다.

"정 작가. 내일 여섯 시에 신라호텔로 오시오."

회장님은 올 수 있느냐고 묻지 않는다. 오라고 할 뿐. 물론 백수나 다름없는 나는 다음 날 일정이 없었다. 하지만 나는 엄마를 모시고 있고, 서울도 당일치기로 다녀와야 하고, 서울에 가려면 엄마 밥을 미리 차려놓아야 한다. 나는 샥스핀에 로얄살루트 38년을 마실 때 엄마는 식은 밥에 식은 국을 데워 먹어야 하는 것이다. 샥스핀과 위스키가 아무리 좋다 한들 이틀 연속으로 엄마에게 찬밥을 먹일 수는 없었다. 게다가 회장님은 내가 구례에서 엄마를 모시고 있다는 것도 몇 차례 들어서 알고 있었다. 그래서 갈 수 없다고 말했다. 회장님은 마음이 상했다(아마 내가 구례에서 엄마를 모시고 있다는 말을 까맣게 잊었지 싶다). 그렇게 몇 번 회장님의 초대를 거절했더니 어느 날 전화가 왔다. 회장님은 노한 음성으로 차갑게 말했다.

"정 작가는 나를 조금도 생각하지 않는 것 같소."

설마 그럴 리가. 내 평생 가장 좋은 음식과 술을 사준 은인인데. 아니라고요! 평생, 죽는 날까지 보고 싶다고요!라고는 말하지 못했다. 그날 이후 영원히 회장님을 볼 수 없었다. 뭐 딱히 후회하는 것은 아니지만 십여 년 지나고 나니 나의 대응이 참 미숙했다는 생각이 든다. 내일 신라호텔로 오라고 할 때 못 간다고 딱 자를 게 아니었다. 이렇게 말했어야 한다.

"회장님. 제가 엄마를 모시고 있는데 버스로 오가기가 너무 멉니다. 헬기라도 보내주시죠."

그랬더라면 가지 못했더라도 내 책임이 아니라 회장님 문제가 되었을 텐데… 뭐 어쩌겠는가. 회장님은 너무 바빠 엄마 모시고 사는 나의 일상 같은 건 아무 관심이 없고 소설가 나부랭이가 거절하는 것만 가슴에 맺혔는데. 사십 대의 나는 그런 회장님을 이해하고 노련하게 거절할 여유가 없었는데.

간혹 신라호텔에서 마신 로얄살루트 38년이 그립다. 그 뒤로 몇 번 더 마셔보기는 했다. 누군가가 구례로 들고 온 덕에. 그래도 역시 처음 마신 그날, 샥스핀과 함께였던 그날의 38년이 최고였다. 다시 할 수 없어서, 다시 돌아갈 수 없어서 더 그립고 사무치는 것이 인지상정, 그래서 나에게 로얄살루트 38년은 영원히 다시 만날 수 없는 추억의 술이다.

• 위 호텔에서 샥스핀을 먹은 건 10년도 더 전의 일이다. 동물 보호에 관심이 높아지면서 멸종위기종인 상어의 지느러미만 이용하는 샥스핀도 퇴출 위기다. 이미 몇몇 중식당에서는 상어 지느러미 대신 다른 재료를 사용하고 있다.

타락의 맛, 맥켈란 1926

샥스핀과 로얄살루트 38년의 황홀한 맛을 선물했던 회장
님과 함께 어느 나라에 갔다. 어느 나라인지 밝힐 수 없음
을 양해하시길. 아무튼 세상에 몇 남지 않은 사회주의 국
가였다. 그곳에 회장님 회사의 생산공장이 있었다. 공장
노동자만 10만여 명, 처음으로 사업한다는 것의 의미를 실
감했다.

　낚시를 하고 돌아오는 길, 마침 회장님 회사의 노동자들
이 퇴근하는 시간이었다. 차선은 없었지만 4차선쯤 되어

보이는 길이 같은 작업복을 입은 사람들로 북적거렸다. 아내나 남편을 마중 나왔는지, 혹은 부부가 같은 회사에 다니는 건지, 남녀가 같이 탄 오토바이나 자전거가 끝도 없이 해일처럼 몰려나왔다. 이 많은 사람을 한 회사가 먹여 살리고 있는 거였다. 이게 긍정적인 자본의 힘인가, 늘 노동자의 입장에서 생각했던 내가 처음으로 자본가의 입장에서 생각해본, 아직도 잊히지 않는 대단한 광경이었다.

사람들의 물결이 사라지기를 기다리던 회장님이 불쑥 차에서 내렸다. 그러고는 어딘가를 가리켰다. 비서실 직원이 날쌔게 달려가 자전거 한 대를 세웠다. 서너 살쯤 된 아이까지 일가족이 자신들을 향해 다가오는 회장님을 멀뚱멀뚱 바라보았다. 회장님은 지갑에서 빳빳한 100달러짜리 지폐를 꺼내 아이에게 쥐여주었다. 그 나라에서는 큰돈이었지만 지폐의 가치를 모르는 아이는 쑥스럽기만 한지 몸을 배배 꼬며 아버지 등에 얼굴을 묻었다. 부부는 정중히 고개를 숙이고는 이내 몸을 돌렸다. 그들은 힘차게 페달을 밟아 이내 시야에서 사라졌다. 그러나 나는 보았다. 부부의 시선에 서린 노여움을. 어린 시절의 나도 그러했다. 누군가의 선의가 욕보다 모욕적이고 비참할 때가 많았다. 그들은 정당한 노동의 대가를 받고 싶었을 것이다. 회장이 선심 쓰듯 쥐여준 100달러가 아니라.

회장님은 물론 선의였다. 어려서 찢어지게 가난했다는 회장님은, 밥조차 배불리 먹지 못한 어린 시절이 천추의 한이 되어 직원 식당의 음식만큼은 최고여야 한다는 신념을 가진 회장님은, 일하는 부모를 마중 나온 가난한 나라의 가난한 노동자의 자식이 그저 눈에 밟혔을 뿐이겠지. 그러나 최선을 다해도 가난에서 쉬 벗어날 수 없는 가난한 나라의 가난한 노동자는 그 선의에 자존심이 상할 수도 있다. 세상은 이렇게 복잡하고 어렵다.

그날 밤, 회장님 일행과 회장님의 오랜 친구라는 높은 분의 저택을 방문했다. 어느 선착장에서 보트를 타고. 당서열 몇 위라는 친구의 집에는 개인 선착장이 있었다. 오랜 전쟁이 끝나고 평화가 찾아온 뒤, 민족통일을 위해 싸운 당원들에게 국가가 보상해준 땅이라고 한다. 민족해방을 위해 목숨을 걸었으니 보상은 당연한 것일지도 모른다. 그러나 나는 이상하게 그 보상이 자꾸 마음에 걸렸다. 보상을 받는 순간, 목숨을 걸었던 순수한 신념이 훼손당한 것 같아서다. 보트를 타고 친구의 선착장에 발 디딘 순간부터 나는 불쾌하고 불편했다. 비서실 직원들이 상자로 나르는 발렌타인 30년도.

회장님 친구의 저택은 으리으리했다. 전쟁에서 형제를 몇이나 잃은 친구가 저택을 지어 늙은 부모를 모시고 있단다. 부모를 봉양하는 효심이나 형제를 잃은 고통이 으리으리한 저택에 대한 변명이 되는 것일까, 생각하면서 나는 난생처음 보는 대저택을 천천히 걸었다. 흙빛 강에서 후텁지근한 바람이 불어오는 오후였고, 저택 앞 나무 그늘에 테이블이 차려져 있었다. 흰 유니폼을 입은 여성들이 분주히 오가며 바비큐를 준비하는 중이었다.

이름조차 모르는 요리들이 줄지어 나오고, 발렌타인 30년을 담은 잔이 부지런히 오갔다. 금세 노을이 지고 어둠이 내렸다. 대저택의 곳곳에 환한 등이 밝혀졌다. 그곳만 밤을 벗어난 듯했다. 강에서 불어오는 바람이 얼굴에 닿을 때마다 끈적끈적한 물을 뒤집어쓰는 느낌이었다. 발삼마저 뜨거웠다. 박스로 들여온 발삼이 동나자 회장님 친구가 분연히 일어서 대저택으로 들어갔다. 위풍당당 행진곡이라도 울리는 듯했다. 저 당당한 걸음으로 젊은 그는 목숨을 걸고 적과 싸웠겠지. 그 청춘의 보상을 받은 늙은 그는 과연 행복할까?

다시 나타난 그의 손에 들린 것은 맥켈란 1926이었다. 에든버러 어느 위스키 샵에서 맥켈란 30년을 본 적이 있다. 녀석은 다른 위스키와 달리 자물쇠가 달린 투명한 상자 안에 들어 있었다. 맥켈란 1926은 30년과는 감히 비교도 할 수 없는 고가의 위스키다. 만져본 적도 마셔본 적도 없지만 맥켈란 1926의 명성은 나 같은 초짜도 익히 알고 있었다. 1986년, 전 세계에 40병만 출시된 술이다. 셰리 참나무통에서 60년간 숙성했다는 맥켈란 1926 40병은 병당 3,000만 원에 완판되었다고 한다.

싱글몰트계의 롤스로이스라 불리는 맥켈란 1926이 내 잔에도 가득 찼다. 녀석은 뜨겁고 깊고 진했다. 끈적끈적, 끝도 없는 수렁으로 끌어들이는 맛이었다. 맥켈란 1926을 입에 오래 머금은 채 나는 실패한 사회주의자인 내 아버지를 떠올렸다. 세상 떠나기 전에 좋은 술, 맛이나 보라고 내가 보내준 시바스리갈 18년을 소주 한 박스와 바꿔 마신 내 아버지를.

젊은 날에는 똑같이 민족의 통일과 평등을 주장했으나 두 사람의 끝은 전혀 달랐다. 나는 실패한 사회주의자인 아버지의 삶이 늘 애달프고 서글펐다. 아버지 스스로 당신의 삶을 쓸쓸해할 것이라 확신했다. 그러나 맥켈란 1926을 마시며 나는 깨달았다. 아버지의 결말이 내 취향에 더 걸맞다는 것을. 아버지 역시 나와 같은 마음이리라는 것을. 참으로 다행 아닌가? 성공할 기회가 없어 타락할 기회도 없었다는 것은!

회장님의 친구가 타락한 공산당원이라는 증거는 없다. 나는 그의 이름조차 알지 못한다. 어쩌면 그는 자기 민족의 지상과제인 가난을 해결하기 위해 자본가와도 손을 잡을 줄 아는 탁월한 능력자일 수 있다. 필시 어느 자본가에게 상납받은 뇌물일 테지만, 그 뇌물을 다른 자본가와 나눠 마시는 호탕한 성품의 사나이일지도 모른다. 그런 생각을 하면서도 기분은 나아지지 않았다. 뜨겁고 끈적끈적한 맥켈란 1926 때문인 것도 같았다.

한때는 평등을 주창했을 공산당 간부와 함께 마시는 맥켈란 1926은 그러니까 나에게 타락의 맛, 그 이상도 그 이하도 아니었다. 모름지기 평등을 주창했던 자라면 내 아버지처럼 모를 심다 말고 논두렁에서 농민들과 막걸리 한 사발 단숨에 들이켜고 김치 한 가닥 쭈욱 찢어 우걱우걱 씹어줘야 제격 아니겠는가.

이 글을 쓰면서 맥켈란 1926의 가격을 찾아봤다. 이런 젠장! 2018년 두바이 공항에 재등장한 맥켈란 1926 한 세트(그러니까 40병 출시된 중의 두 병)가 120만 달러에 팔렸단다. 물론 비틀즈의 앨범 표지를 기획한 피터 블레이크와 21세기 최고의 팝 아티스트 발레리오 아다미의 작품이 라벨로 붙은 세트라 상상을 초월하는 가격에 팔렸겠지만, 타락의 맛이고 나발이고 즐겼어야지! 나는 자본주의를 살고 있단 말이다! 이러니 아직도 이 모양 이 꼴인 거다. 한 병당 6억 5,000만 원이라는 가격을 알고 나니 그 후텁지근한 여름밤, 끈끈하게 들러붙는 강바람을 맞으며 마셨던 맥켈란 1926이 간절히 그립다. 몇 잔 더 달라고 할걸. 입맛을 나서보시만 소용없다. 회장님조차 가고 없으니 그런 호시절은 앞으로 다시는 오지 않을 것이다. 돈 앞에서는 양심이나 고뇌 따위 잠시 내려놓고 일단 즐기는 것으로. 올해의 다짐이다. 부디 작심삼일이 되지 않기를…

그? 그녀?
아니 그냥 너!

오래전, 한동안 연락이 끊겼던 후배 A로부터 전화가 왔다. 한때는 친하게 지냈으나 A가 군대에 가면서부터 서서히 멀어져 아예 연락하지 않은 지 수년째였다. 멀어진 이유는 단순했다. 군대에서 보내오는 A의 편지가 심상치 않았던 것이다.

과 후배는 아니었으나 대학 시절부터 글 쓰는 동아리를 함께한 A는 남자지만 매우 섬세하고 다정했다. 앉는 자세도 나보다 더 여성스러웠다. A는 양반다리를 하는 법이 없었다. 얌전한 여자애처럼 두 다리를 옆으로 돌려 가지런히 앉았다. 편한 자리에서는 다리를 쭉 뻗고 앉아 바지 주름을 계속 다시 잡았다. 한 치의 흐트러짐도 용납할 수 없는 모양이었다.

나도 과일 깎는 데 나름 일가견이 있는데 A의 솜씨는 나이트클럽 알바 경력이 있는 게 아닌지 의심스러울 정도였다. 캠핑이나 등산을 가면 요리는 당연 A 차지였다. 국적조차 모르는 다양한 소스를 사용한 A의 요리는 나를 제외한 모두에게 인기 폭발이었다. 말하지 않았는가. 나는 무(無)맛을 좋아한다고. 한마디로 식재료 본연의 맛이 그대로 느껴지는 단순한 요리를 좋아한다는 의미다. 그래서 백종원 씨를 존경은 하지만 그의 음식을 좋아하지는 않는다. A의 요리가 내게는 그랬다. 들척지근한 걸 빼면 그래도 맛은 좋았다.

우리 동인들 사이에서 A는 거실문학의 대가로 불렸다. 소설 속 주인공이 좀처럼 거실을 떠나는 법이 없었기 때문이다. 언젠가 벗어나긴 했다. 거실에서 부엌으로! 우리는 선언했다. 이제 A의 문학은 거실을 극복하여 부엌으로 입성했노라고. 키친문학의 입봉작이었던 그 소설이 아직도 기억난다. 돈 버는 데 재주가 없어 늘 기죽어 사는 소설 속 주인공은 싱크대에 잔뜩 쌓여 있는 설거짓감에 자꾸 신경이 쓰인다. 그런데도 그는 함부로 설거지를 시도하지 못한다. 자칫해서 말실수라도 했다가는 시키지도 않은 설거지 좀 했다고 유세 떠느냐는 구박을 받을 것 같기 때문이다. 원래 소심한데다 돈 못 벌어 더 소심해진 남편의 심리를 A는 무려 A4 두 장에 걸쳐 묘사했다. 참으로 섬세한 심리소설이었다.

이렇게나 섬세한 A는 나와 절친한 사이였는데(말 그대로 절친) 군대에 가더니 이상야릇한 편지를 보내기 시작했다. 딱히 좋아한다거나 사랑한다는 말은 없었지만 누가 봐도 이상한 편지였다. 나는 당연히 나를 짝사랑하는 거라 판단했고, 단호하게 이러지 말라, 불편하다는 답장을 보낸 뒤로 A의 편지를 열어보지도 않았다. 그렇게 우리는 멀어졌다. 제대하고 몇 번 통화한 게 전부였다.

내가 오랜만에 A의 전화를 받은 것은 그로부터 십수 년은 속히 지난 뒤였다. 불편하다며 냉정하게 뿌리쳤던 일은 까맣게 잊고 나는 반가워 소리쳤다.

"야! 죽었는 줄 알았다. 어디야? 뭐 하고 살아?"

나의 흥분이 가라앉기를 기다린 뒤 A가 차분하게 말했다.

"선배, 나 병원이야."

가슴이 철렁 내려앉았다. 나는 그때까지 운이 몹시 좋아 가까운 이의 난데없는 죽음 같은 걸 경험하지 못한 터였다. 겁이 나서 어디가 아프냐고 물어보지도 못했다.

"보고 싶은데 와줄 수 있어?"

A가 보고 있는 것도 아닌데 나는 고개를 있는 힘껏 주억거리며 냉큼 대답했다.

"응."

A가 병원 주소를 불러주었다. 그런데, 응? A가 있다는 병원은 강남의 유명한 성형외과였다. 설마 얼굴을 고쳤나? 다소 촌스럽긴 해도 못난 얼굴은 아니었는데? 의아했으나 이유 불문, 당장 병원으로 달려갔다.

A는 일인실 병실에 혼자 누워 있었다. 두 다리를 살짝 벌려 침대 난간에 올려놓은 채. 그리고 나는 보았다. 환자복을 입고 있긴 했지만 봉긋한 가슴과 말끔하게 사라진 목

울대를. 그러니까 지금 A가 다리를 벌리고 있다는 것은…
모든 것을 순식간에 간파했다. 연락이 끊긴 사이 내가 알
던 소심이, 거실문학의 대가 A는 여성호르몬 주사를 맞고,
목울대를 제거하고, 가슴 수술을 하고, 그리고 마침내 그
의 꿈을 이룬 지금, 나에게 연락을 한 것이었다. 그러니까
내가 알던 섬세하고 예민한 남자 A는 섬세하고 예민한 여
성 A가 된 것이다.

그때만 해도 트랜스젠더라는 말이 대중적으로 알려지
지 않았다. 지금이라고 아주 달라진 것은 아니지만 그때
는 그들에 대한 편견도 더 심했다. 나름 진보라고 자부했
던 나 역시 편견에 가득 찬 사람이라는 것을, 그날 처음 알
았다. 성전환 수술을 했다는 걸 알아차리자마자 나는 속이
상했다. 좀 참지, 왜 그랬을까? 트랜스젠더로 살아가는 게
얼마나 힘들 건데, 어차피 힘든 인생 그냥 생긴 대로 살지.
부모 형제와 연까지 끊으며 시도할 만한 일인가, 이게? 이
게 진보라는 자의 머릿속에 처음 떠오른 생각이었다. 욕을
먹어도 싸다!

나는 수술 뒤 A가 여자로 세상에 나아가는 모습을(아마

A로서는 세상과 싸우는 과정이었을지도) 몇 년간 지켜보았다. 나의 우려와 달리 A는 유쾌 발랄하게 세상에 적응했다. 연애도 했다. 여자가 된, 아니 여자인 A는 남자일 때와 달리 좋알좋알 말이 많았다. 전화만 하면 제 애인 자랑이나 흉을 늘어놓았고, 틈만 나면 쇼핑을 가자고 졸랐다. 나는… 쇼핑을 싫어한다! 어떤 친구와도 쇼핑을 가본 적이 없고, 어떤 친구와도 미주알고주알 연애 이야기나 결혼생활 이야기를 나눈 적이 없다.

늘 소설을 고민하던 문학청년 A는 더 이상 존재하지 않았다. 나는 문학청년 A가 그리웠다. 짧은 치마에 염색한 머리, 알록달록한 슬리퍼, 향수 냄새, 나는 새로운 A에게 적응할 수 없었다. 차마 입 밖으로 꺼내지 못했지만 외형적 여성성에 집착하는 A가 답답했고 때로는 한심했다. 입 밖으로 드러내지는 않았지만 이런 마음을 A 또한 짐작하지 못했을 리 없다. 우리는 다시 멀어지기 시작했다. 그 뒤로 또 긴 세월이 지났다.

그동안 나도 달라졌다. 성전환을 한 것은 아니지만 A처럼 여성성에 눈뜨기 시작한 것이다. 좋은 옷을 사 입기도 하고 스틸레토 힐에 탐닉하기도 했다(물론 쇼핑은 매우 단시간에 끝났다. 여전히 쇼핑하는 게 나는 제일 피곤하다). 그러면서 A가 그리웠다. A의 마음을 조금은 이해할 수 있을 것 같았다. 남자의 모습을 하고 있지만 평생 여자가 되고 싶었던, 아니, 여자였던 A에게 짧은 치마, 긴 머리, 화장 같은 것이야말로 여성을 대표하는 상징 같은 게 아니었을까? 그래서 남의 눈에도 그렇게 보이고 싶었던 게 아니었을까?

누가 봐도 남자 같긴 했지만 나는 생물학적 여자여서(실제로 빨치산의 딸답게 지리산을 달려서 내려올 때면 남자들이 나를 두고 내기를 하곤 했다. 여자인지 남자인지. 심지어 두 남자를 지나치면서 이런 말을 들은 적도 있다. 거봐. 남자지? 천 원 줘. 이런 젠장!) A와 달리 보통 여성적이라 하는 것들을 동경하지 않았다. 내게 긴 머리 짧은 치마 같은 건 선택의 문제였으니까. 그러나 A에게는 선택의 문제가 아니라 금기의 영역이었다. 그래서 금기가 풀리자 미친 듯 한때 금기였던 것들을 향해 돌진한 게 아니었을까, 지금의 나는 생각한다. 그리고 미안하다. 그 마음을 알아주지 못해서. 이해하기 어려웠더라도 친구라면 기다려주어야 했다. 그런 게 친구다.

A에게는 미안한 것투성이이다. 여자로 군대에 있다는 게 얼마나 힘들었겠는가. 견딜 수 없는 상황에 A는 차마 사실을 털어놓지는 못하고 힘든 제 마음을 에둘러 토로했을 뿐이다. 그걸 짝사랑으로 착각하고 먼지인 양 탈탈 털어 내다니! A로서는 나의 착각이 쓸쓸하고 참담했을 것이다. 나는 A의 가장 친한 선배이자 친구였는데…

A와 다시 웃으며 술잔을 기울일 수 있는 날이 올까? 두 번이나 상처받은 A가 용기를 내어 다시 나에게 와줄까? A와 마시던 그 겨울밤의 소주가 간절히 그립다고 하면 소심하지만 다정한 A가 으이구, 하면서 와줄 것 같기도 하다.

동인 중 친한 몇 사람과 한겨울 경포대에 갔을 때였다. A는 콘도 지하 마트에서 알뜰하게 대파에 오뚜기 참기름까지 샀다. 없으면 대충 먹자는 주의였던 나는 파와 참기름 없이는 절대 골뱅이무침을 만들 수 없다는 A의 고집이 너무 사랑스러웠다. 그 밖의 다양한 소스가 준비되지 않은 덕에 그날 A의 골뱅이무침은 내 입에도 딱 맞았다. 술을 술술 부르는 안주였다. 골뱅이무침이 거의 떨어지고 술도 다 비었을 무렵, A가 소리쳤다.

"눈 온다!"

그때만 해도 늙어서 고등학교 때처럼 밖으로 나가지는 않았다. 우리는 통창에 바싹 얼굴을 붙인 채 눈 내리는 풍경을 오래도록 지켜보았다.

다음 날, A는 참기름이며 김치며 대파며, 남은 식재료들을 죄 가방에 집어넣었다. 뭐가 무거웠는지 엘리베이터 안에서 가방끈이 툭 떨어졌다. A는 청승맞게 백팩에 든 물건들을 꺼내 검정 비닐봉지에 담았다.

우리가 잠든 사이에도 눈은 쉴 새 없이 내려 정강이가 잠길 정도로 쌓여 있었다. 검정 비닐봉지를 든 채 A는 눈밭을 강아지처럼 뛰어다녔다. A가 뛸 때마다 비닐봉지 안에 든 초록색 대파가 덩달아 들썩거렸다. 촌스럽기도 하고 청승맞기도 하고 천진하기도 하여, 나는 A를 보며 배꼽 잡고 웃었다. 여자든 남자든, 그날의 A와 다시 한번 소주잔을 부딪치고 싶다.

호의를 받아들이는 데도
여유가 필요하다

험난한 성장기를 보내고 반듯하게 잘 자란 제자가 집을 방
문했다. 여러 차례 나를 도와준 바 있어 뭘 준비할까 물었
더니 참치가 먹고 싶단다. 불행히도 구례에는 참치 파는
가게가 없다. 참치 대신 숯불구이 치킨을 제가 사 왔다. 녀
석은 부모로부터 일 원 한 푼 받지 않고도 나이 마흔에 이
미 번듯한 아파트까지 마련했다(물론 반은 은행 것이지만).
비뚤어지지 않은 것만도 기적 같은 녀석인데 빈 소주병이
늘어나자 아직도 너무 불안하다고 속내를 털어놓았다.

"대체 뭐가? 그렇게 잘 살아놓고?"

"샴푸가 얼마나 남았나, 휴지는 안 떨어졌나, 쌀은 충분한가… 뭐 그런 게 불안한 거죠."

말만 들어도 녀석이 어떤 어린 시절을 보냈는지 눈앞에 환히 밝아왔다.

"야, 요즘은 세상이 좋아져서 굶어 죽을 일 없어. 복지제도가 얼마나 잘되어 있는데!"

"국가 지원받으며 살 수는 없잖아요? 어릴 때 동정받는 게 죽기보다 싫었어요."

녀석의 말이 까맣게 잊고 있던 추억 하나를 불러들였다.

중학교 2학년 때였다. 나의 정체를 누구나 아는 구례가 싫어 서울로 왔는데, 내가 원하지도 않았던 빨갱이의 딸이라는 나의 정체를 서울에서도 완전히 숨길 수는 없었다. 수시로 경찰이 집에 찾아왔고, 빨갱이를 집에 들였다는 사실을 알게 된 집주인들은 몸서리를 치며 우리를 내쫓았다. 그래도 그 정도가 끝일 줄 알았다.

어느 날 학교에 갔는데 뭔가 이상했다. 평소 다정하게 웃어주던 선생들이 나와 눈이 마주치자 화들짝 놀라며 피했던 것이다. 나는 평소와 달라진 게 아무것도 없었다. 무슨 일일까?

며칠 뒤 한 선생이 방과 후에 나를 불렀다. 시니컬한 삼십 대쯤의 국어 선생이었다. 선생은 평소에 나를 싫어하지도 예뻐하지도 않았다. 어떤 학생과도 그런 정도의 거리를 두고 대하는 선생이었다. 내가 교무실에 들어서자 선생은 퇴근하는 듯 가방을 들고 몸을 일으켰다.

"너 어디 사니?"

"연신내요."

"같은 방향이네. 가자."

선생과 나는 말없이 연신내천을 따라 걸었다. 당시 연신내천은 복개가 되지 않아 사시사철 썩어가는 냄새가 진동했다. 우리 집까지 절반쯤 왔을 때 침묵하던 선생이 입을 열었다.

"우리 집, 이 근처야. 들러서 음료수라도 마시고 가."

선생의 집에 가다니, 생각도 못 해본 일이었다. 뭔가 예사롭지 않았다. 나는 긍정도 부정도 하지 않은 채 선생의 뒤를 따랐다. 선생은 자그마한 규모의 단독주택으로 들어섰다. 작은 마당이 있고, 라일락이며 목련이 심겨 있는 아늑한 집이었다. 아이가 없는 것인지 아니면 학교에 간 것인지 집은 텅 비어 있었다. 나는 꿔다 놓은 보릿자루처럼 소파에 앉았고, 선생이 미숫가루였는지 주스였는지 기억나지 않는 뭔가를 내 앞에 가져다주었다. 선생이 옷을 갈아입으러 들어간 사이, 낯선 공간에 들어선 침입자 같았던 긴장된 느낌만이 아직도 생생하다.

옷을 갈아입고 나와 내 옆에 털썩 주저앉은 선생이 아무렇지도 않게 물었다.

"아빠는 어디 계시니?"

그제야 모든 게 선명해졌다. 경찰이 학교에도 다녀간 것이다. 그래서 선생들이 내 눈을 피했던 것이다. 그런데 이 선생은 왜 나를 자기 집으로 데려온 것일까? 나를 대하는 태도가 전보다 따뜻한 걸 보면 아빠의 전력이 이 선생에게는 충격적이지 않은 게 분명했다. 그렇다고 나의 당혹이, 무참이 덜어지지는 않았다. 나는 싸늘한 목소리로 대답했다.

"광주교도소."

교도소라는 말에 힘을 주어. 이래도 당신이 나를 받아들일 수 있겠냐는 듯이. 그런데 선생은 언젠가 부자 친척 집에 가서 덮어본 밍크 담요처럼 부드러운 눈빛으로 나를 바라보았다.

"네 부모님은 훌륭한 분들이야. 힘들겠지만 잘 견뎌내렴."

네 부모님…이라니? 역시 그랬구나. 나는 얼마 전부터 엄마 또한 아빠처럼 빨갱이일지 모른다는 의심을 하고 있는 참이었다. 그런데 선생의 말을 들으니 확실한 것 같았다. 나는 대답하지 않았다. 마음속에서 뭐라 말할 수 없는, 분노도 아니고 슬픔이라 하기도 뭣한 무언가가 밀물처럼 차올랐기 때문이다.

선생은 발딱 몸을 일으켰다.

"이리 와봐."

선생이 어느 방문을 열었다. 방은 텅 비어 있었다.

"엄마랑 둘이 여기서 살면 어떻겠니? 집이 늘 비어 있어서 불안한데 엄마가 집을 지켜주시면 나도 좋고. 엄마랑 너도 안심하고 살 수 있지 않을까?"

물론 방은 그때 내가 살던 집과 비교할 수 없이 좋았다. 게다가 화장실 갈 걱정도 할 필요가 없었다. 우리가 살던 방은 그때는 몰랐지만 엄마 전 남편의 친척 집이었다. 빨갱이라는 걸 들키고 쫓겨나는 일이 반복되자 엄마는 아는 사람에게 도움을 청했다. 전 남편의 친척이니 이제 아무 관계도 아니었던 그는 그래도 큰 호의를 베풀어 자신의 집과 담 두 변을 벽으로 삼아 앞쪽을 시멘트로 막고 한 칸짜리 방을 만들었다. 방문을 나서면 부엌인데 두꺼운 비닐이 벽을 대신한, 반쯤은 한데나 다름없는 집이었다. 그래도 쫓겨날 염려는 없다며 이사 가는 날, 엄마는 환하게 웃었다. 그 집에는 화장실이 없었다. 주인집 화장실을 써야 하는데 밤 아홉 시가 되면 주인집이 현관문을 잠갔다. 어린 나이로는 감당하기 힘든 환경 탓에 설사를 달고 살던 나는 밤 아홉 시가 지나면 반투명 비닐이 쳐진 부엌 바닥에 신문지를 깔고 볼일을 봐야 했다. 하필 나와 동갑인 주인집 아들의 방이 우리 집 쪽이었다. 그가 창문을 열고 밖을 내다본다면 볼일 보는 나의 실루엣이 보일 터였다. 빨갱이의 딸은 똥조차도 은밀하게 쌀 수 없구나, 사춘기의 나는 똥을 싸며 자조하곤 했다. 선생의 방이 말할 것도 없이 나았다. 최소한 여기서는 들킬 염려는 하지 않고 똥을 쌀 수 있을 테니까. 그러나 나는 입을 꾹 다물고 아무 말도 하지 않았다.

"집에 가서 엄마한테 물어봐. 돈 걱정은 하실 필요 없다 전하고."

나는 끝끝내 대답하지 않았다. 간신히 고개 숙여 인사를 하는데 불현듯 눈물 한 방울이 신발 끝으로 툭 떨어졌다. 들킬까 봐 나는 황급히 돌아섰다.

여느 때처럼 연신내천을 따라 집을 향해 걸었다. 가는 내내 시궁창 냄새가 역했고, 내 인생이 꼭 시궁창 같았다. 자꾸만 눈물방울이 신발 끝을 적셨다.

나는 엄마에게 선생의 제의를 전하지 않았다. 선생을 보면 도망 다녔다. 호의라는 걸 알면서도, 빨갱이의 딸을 편견 없이 봐준 고마운 사람이라는 걸 알면서도, 나는 나를 외면한 선생들보다 그이의 따뜻한 시선이 더 불편했다. 늘 선생을 외면했지만 나는 지금도 그이의 이름을 기억한다. 양원희 선생님. 그 무렵 삼십 대였으니 지금은 칠십 대일 게다. 아마 70년대 운동권이었지 싶은 선생님은 아직 강건하시려나. 빨갱이의 딸에게도 따스했던 사람이니 상처

받아 잔뜩 독 오른 아이가 당신의 호의를 가뿐하게 저버린 것도 혹 이해해주지 않으려나. 선생이라면 호의를 받아들이는 데도 여유가 필요함을 알았을 것이다. 그때의 나에게는, 열넷의 나에게는 그런 여유가 없었다.

혹 선생님을 다시 만날 수 있다면 뒷산의 나물과 직접 기른 텃밭의 채소로 만든 소박한 밥 한 끼 대접하고 싶다. 당연히 내가 가장 좋아하는 조니워커 블루라벨도 한잔. 한 정식에 웬 블루냐고? 천만의 말씀! 블루는 바지락냉이된장국과 썩 잘 어울린다. 암, 누가 뭐래도 블루에는 된장국이다. 술이 불콰해진 선생이 이만하면 잘 컸노라, 등을 두드려주실지도 모르지. 그런 생각을 하는데 제자 녀석이 소주를 완샷하며 씩 웃었다.

"이것도 극복할 수 있겠죠 뭐."

"뭘 또 극복을 해! 극복 좀 그만해! 이만큼 산 것도 정말 장한데 뭘."

선생에게 듣고 싶은 말을 제자에게 하며 빈 잔을 채웠다. 말간 소주가 가득 찼다. 우리는 힘차게 잔을 부딪쳤다. 말간 소주가 찰랑거렸다. 험난한 환경에서 이만큼 살아낸

늙은 선생과 젊은 제자가 소주잔을 부딪치는 오늘도 뭐,
나쁘지 않다.

존나 빠른 달팽이
작가입니다

우리 집에 오는 손님들 손에는 어김없이 조니워커 블루라벨이 한 병씩 들려 있다(벌이가 넉넉하지 않은 제자들은 블루 대신 시바스리갈 12년, 이게 우리 집 룰이다). 때로는 던힐 라이트도 한 보루. 짐 보따리에서 선물을 꺼내면서 손님들 대부분 투덜거린다. 어째 좋아하는 게 다 몸에 나쁜 거냐며. 선물을 하는 게 아니라 마시고 피고 빨리 죽으라는 것 같아 맘이 편치 않다나 뭐라나. 손님들 맘이야 어쨌든 블루 한 병, 던힐 라이트 한 보루면 나는 행복하다. 담배는 내 돈 주고 사 피워야 하는 것이니 내 돈을 아껴주는 선물이요, 블루는 해외 나갈 때 면세점에서 아니면 내 돈 주고 못사는 것이니 당근 최상의 선물이다.

후배 소설가 A는 일본 사는 동생에게 다녀오면서 블루에 담배에 당시 핫했던 화장품까지 두루두루 사 왔다. A는 오지라퍼다. 구례로 올 때 내 집 이사를 다 해줬다. 손끝이 얼마나 야무진지 몇 년간 담배 연기에 쩌든 책까지 한 권 한 권 정성 들여 닦았다. 주인은 난데 A가 워낙 일을 잘하니 어느 순간 뒷전이 됐다. 이사 도와주러 온 제자 한 놈과 A는 책 배치를 어떻게 할 것인지, 소파를 어디에 둘 것인지, 아주 제 것처럼 기 싸움까지 벌였다. 누구를 편들기도 어정쩡해 나는 그냥 에라 모르겠다, 들어가 잤다. 일어났더니 우렁각시라도 다녀간 양 집 정리가 말끔하게 되어 있었다. 뿐이랴. A는 김치도 담그겠다고 팔을 걷어붙였다. 김치야 주는 사람도 많은데 뭘 굳이, 싫었으나 A의 의욕을 꺾기도 뭣해서 말리다 말았다. A가 담근 깍두기는 음, 솔직히 내 취향이 아니었다. 사이다를 넣어 시원하기는 한데 들쩍지근해서 몇 조각도 먹지 못했다.

한 달이 멀다고 우리 집에 놀러 온 A는 나 대신 강아지들 산책도 시키고, 목욕도 시키고, 털도 빗기고, 반찬도 만들었다. 몇 번 사양은 했으나 스스로 한다고 나선 터라 더는 말리지 못했다. A가 올 때면 그이가 만든 반찬으로 밥을 먹었다. 언젠가 A가 저녁 시간대에 도착했다. 해서 내가 한 반찬으로 밥을 차렸다. 시래깃국을 한 순갈 떠먹은 A가 어처구니없다는 표정으로 나를 노려보았다.

"언니! 반찬 잘하네! 내가 한 것보담 훨씬 맛있는데?"

나는 어깨를 으쓱거리며 말했다.

"못한다고 한 적 없어."

요리를 싫어한다, 살림을 싫어한다는 말은 했다. 싫어한다고 못하는 것은 아닌데 내 얼굴이 요리 못하게 생겼나 보다. 다들 A처럼 못하려니 하고는 자기들 맘대로 반찬을 해 나른다. 일일이 설명하기도 번거롭고, 받아먹는 재미도 쏠쏠해서 굳이 오해를 바로잡지 않았을 뿐이다. 그날 이후 A는 다시는 음식을 만들지 않았다. 몇 년 지나고 A의 전화가 뜸해졌다. 내게 사 나르는 물건도 줄어들었다. 내가 먼저 전화를 했다. 처음이었을 것이다.

"애정이 식었나 봐?"

다짜고짜 질렀더니 A는 어리둥절했다. 자신이 구례를 찾는 횟수가 줄었다는 걸 인식하지 못하고 있었던 거다. A와 나는 사람과 관계 맺는 방법이 다르다. 나는 참으로 더디다. 처음에는 높은 벽을 치고 문 열어줄 사람을 꼼꼼히 따져 고른다. 그 문이 나에게로 향하는 마지막 문이 아니라 첫 문이다. 10년쯤은 만나야 아, 친구가 될 수 있겠구나 싶다. A는 처음에 훅 들어온다. 서로 살가워질 때까지 시간과 공력을 쏟아붓는다. 친구가 되었다 싶으면 긴장이 풀리고 그래서 처음보다 느슨해진다. 누구의 방식이 옳고 그른 건 아니다. 그저 서로의 방식과 속도가 다를 뿐이다. 알면서도 이 다름을 받아들이기가 쉽지 않다. 관계를 처음 맺을 때는 A가 좀처럼 곁을 내주지 않는 나에게 서운했고, 관계가 안정기에 접어들자 이번에는 내가 예전처럼 자주 오지 않는 A에게 서운했다. 뭐, 그러면서 조금씩 더 알아가고 더 친해지는 것일 테니 큰 상관은 없다.

애정이 식었나 보다는 내 말에 A는 서울에서 구례까지 한달음에 달려왔다. 돈이 없어 블루 대신 시바스리갈 12년

162

과 제가 마실 맥주 몇 캔을 들고. 그 무렵 A의 차는 너무 낡아 시속 100킬로미터 이상 속도를 낼 수 없고, 한 시간에 한 번씩은 꼭 쉬어야 했다.

A는 술이 약하다. 맥주 두세 캔이면 취기가 오른다. 이 얼마나 가성비 좋은 몸이냐고, 다섯 시간 달려와 두 시간 만에 취한 A가 배실배실 웃으며 말했다. A는 취하면 간혹 독설을 날린다. 친한 후배의 표현에 의하면 A의 독설은 너무 적확해서 너무 아프단다. 그 독설 때문에 체머리를 흔들고 떠나간 사람들도 있다고 들었다.

그날 A의 독설은 나를 향했다. 더 좋은 글을 쓸 수 있는데 왜 자신을 깨려 하지 않느냐, 뭐가 그리 어렵냐, 그냥 툭 내려놓으면 되는데 왜 그걸 못하냐, 뭐 그런 내용이었다. 다 옳은 소리라 반박도 하지 못했다. 한마디 변명만 했다.

"그래도 몇 년 전보다는 나아졌잖니? 언젠가는 툭 내려놓을 수 있겠지 뭐."

그러자 A는 해롱해롱 나를 바라보며 씩 웃었다. 무엇인가 지독한 것이, 적확한 것이 머릿속에 떠올랐음이 분명했다. 즉각 깨날았다. 아, 아프겠구나.

"응! 언니는, 존나 빠른 달팽이야!"

이런 젠장. 달팽이가 존나 빨라 봤자 얼마나 갈 수 있겠는가. 작가로서의 내 인생이 빤히 보이는 것 같았다. 그날 존나 빠른 달팽이는 시바스리갈 700밀리 한 병을 다 비우고 꽐라가 되었다. 가관이었겠지만 뭐 괜찮다. 아무도 보지 못했으니까. 유일한 목격자인 A는 맥주 세 캔에 취해서 나보다 빨리 기억이 끊겼고, 내 기억도 끊겼으니, 뭐 아무 일도 없었던 걸로! 쿨하게. 어디에 가닿건 존나 빨리는 달려보자, 그게 그날의 결론이었다.

3부

존나 무서웠을 뿐...

오래전, 방송작가인 후배가 연락을 했다. 유명 방송작가의 일을 좀 도와주지 않겠느냐고. 도박사인 재일교포 2세의 이야기를 드라마 대본으로 쓰겠다 계약을 해놓았는데 도무지 취재할 짬이 나지 않는다는 것이었다. 그를 대신하여 내가 취재를 하고 그걸 토대로 시놉을 써주기로 했다. 유명 작가라 그런지 보수도 적지 않았다. 해외여행은 덤인데 마다할 리가!

취재 대상인 재일교포 2세 A는 오사카에 살고 있었다.

유명 방송작가에게 재일교포 2세 A를 소개한 사람은 한국 남자 B였다. B는 미국에서 A의 아들과 대학을 같이 다녔다. B가 일본까지 동행하면서 A의 신화와 같은 성공 스토리를 알려주었다. 경상도 출신인 아버지가 일제 강점기 시절 먹고살기 위해 일본으로 갔고, 오사카에서 A를 낳았다. 셋집조차 얻기 어려울 정도의 차별을 받으며 가난하게 자란 재일조선인 상당수가 변변한 직업을 갖지 못해 야쿠자 조직원이 되었고, 방황하던 A 역시 조직에 들어갔으나 도박 실력이 출중하여 전문적인 도박사로 떼돈을 벌었다고 했다. 야쿠자에 대해서도 도박에 대해서도 문외한인 터라 A가 도박사라는 것인지, 야쿠자라는 것인지, 사업가라는 것인지 판단이 서지 않았다. 물론 B는 단언했다.

"A는 절대 야쿠자 아입니데이. 대애단한 사업가라예."

오사카 공항에 도착하자 덩치 큰 남자 여럿이 우르르 우리를 향해 다가왔다. B는 한 남자와 반갑게 악수를 나눴다. B의 대학 친구, 그러니까 A의 아들이라고 했다. 그는, 음… 명품 문외한인 내가 봐도 입생로랑임을 한눈에 알아챌 만한 옷을 아래위로 빼입고 있는 그는… 누가 봐도 야쿠자였다. 입생로랑 바지 위로 팬티 밴드 부분이 살짝 보였는데, 거기 선명하게 영어로 적혀 있었다. 캘빈클라인. 캘빈클라인에서 청바지 말고 팬티도 만든다는 것을 그날 처음 알았다. 얼굴과 덩치는 야쿠자 같은데 차려입은 셔츠는 야들야들한 실크에 로고가 선명한 입생로랑, 캘빈클라인 팬티의 연두색 밴드까지, 나는 간신히 웃음을 참았다. 아니 참을 수밖에 없었다. 거기서 웃었다가는 험악한 인상의 남자들이 짓고 있는 환한 웃음이 분노로 변할 테니까. 다만 나는 한 가지 진실을 뇌리에 입력했다.

'야쿠자는 입생로랑과 캘빈클라인을 좋아한다.'

하필이면 그날이 A의 아버지, 그러니까 재일교포 1세의 제삿날이었다. A의 집은, 각국의 문화재급 유물들이 즐비한 A의 집은 제사에 참석한 사람들로 발 디딜 틈이 없었다. 당연히 A를 알현할 기회도 없었다. 우리는 미닫이문을 활짝 열어젖힌 두 번째 방 끄트머리에 간신히 끼어 앉았다. B는 친구 아버지의 제사에 참여하는 게 대단한 의리인 것처럼 말했지만 그 말 또한 믿기지 않았다. 친구라고 하기에는 참석한 사람들의 나이도 들쭉날쭉이었다. 결정적으로 그들은 스스로를 A 패밀리라 칭했다. 그리고 나는 보았다. 언젠가 만화에서 야쿠자들이 자기 조직원들을 그렇게 부르는 것을! 나는 슬슬 무서워지기 시작했다. 나는 한때 같은 패밀리였던 동료의 손가락을 자르고 적들을 일본도로 베는 자들을 상대하고 있는 것이었다. 그러나 이미 돈은 받았고, 내 몸은 그들 속에 있었다. 어쩌겠는가. 취재를 해야지.

제사는 아랑곳없이 연신 술잔을 기울이는 한 중년 남자가 눈에 띄었다. B를 꼬드겨 그의 곁에 앉았다. 덩치는 산만 한 남자가 입은 가볍디가벼워 자신의 좆같은(이건 그의 표현이었다. 그 역시 재일교포였는데 한국어인 듯 아닌 듯한 조선말을 썼다) 사연을 술술 털어놓았다.

그는 몇 년 전, 두 건의 살인 교사 혐의로 검찰의 조사를 받고 있었다. 하필 그 무렵 이가 아팠다. 신경치료를 받으러 치과에 갔다. 그는 야쿠자 조직의 꽤 높은 직책을 맡고 있었고, 지역 사회에서는 누구나 그의 이름과 얼굴을 알았다. 그는 신경치료가 두려워 벌벌 떨었고, 의사는 야쿠자가 무서워 벌벌 떨었다. 다음은 알아먹기 어려운 그의 조선말을 현대 한국어로 번역한 것이다.

"씨발! 그 새끼 손이 눈앞으로 다가오는데 무슨 송곳 같은 걸 들고는 벌벌 떨고 있더란 말이오. 알지 않소? 신경치료가 존나게 아프다는 거! 그래서 나도 모르게 소리를 질렀지. 제대로 해라. 아프게 하면 너 죽여버린다!"

치과의사는 그를 협박으로 고소했다. 일본의 야쿠자 법은 독특하다. 야쿠자들끼리야 무슨 짓을 하든 꽤 관대하지만 상대가 일반인일 경우 야쿠자는 몇 배나 심한 처벌을 받는다. 치과의사 협박죄로 그는 3년인가를 선고받았다.

"씨발. 나는 그냥 존나 무서웠을 뿐이라고!"

어머. 이 아저씨 귀엽잖아! 나는 홀린 듯 그의 이야기에 빠져들었다.

"근데 더 좆같은 게 뭔지 아오?"

야쿠자지만 신경치료가 무서웠을 뿐인데, 무서워서 소리를 질렀을 뿐인데 3년인가를 에누리 없이 감옥에서 살다 나왔더니 미혼인 딸의 배가 남산처럼 불러 있었다. 상대는… 그의 꼬붕이었다. 오야붕이 감옥에 간 사이 가족을 챙겨주러 집에 드나들다 눈이 맞은 것이었다.

"존나 병신 같은 새낀데… 게다가 그 새끼 유부남인데…"

그는 울화가 치미는지 사케를 물잔에 가득 따라 단번에 들이켰다.

"씨발, 좀 전에 그 집 가서 아작을 내고 왔지."

역시 야쿠자! 그 꼬붕은 살아있을까, 안위가 염려스러웠다.

"손가락을 잘랐나요?"

보통 이런 경우 야쿠자들은 단지를 한다. 그가 영문을 모르겠다는 듯 멀뚱멀뚱 나를 쳐다보았다.

"아작을 냈다면서요?"

"아, 그 집구석을 아작 냈지. 꼬붕 마누라가 이혼 서류에 도장 찍었어."

"어떻게? 순순히 도장을 찍던가요?"

야쿠자는 여자는 패지 않는다고 하던데 딸의 인생이 걸리면 야쿠자의 원칙도 무용지물인 걸까? 그런 생각을 하고 있는데 이건 또 뭔 개소리냐는 얼굴로 그가 나를 빤히 쳐다보았다.

"돈 보따리 안겨줬더니 화색이 돌던데?"

돈 앞에 안 되는 일 있냐는 의미인가 보았다. 의리를 부르짖는 야쿠자의 세계에서도 냉정한 자본주의의 법칙이 통용되는 게 일면 서글프기는 했다. 그러나 그보다는 웃겼다! 그래서 웃었다. 치과가 무서웠다는 아저씨가 정색을 했다. 그러니까 진짜 야쿠자 같았다.

"아니, 야쿠자시라기에 단지를 했나, 일본도로 벴나, 했죠. 죄송합니다!"

깍듯이 사과를 했더니 아저씨가 다시 비식 웃었다. 그사이 친해졌다고 생각했는지 그는 말을 놓았다.

"돈이 젤 쉽다."

그건 그렇지. 아저씨가 이번에는 긴 한숨을 내쉬었다.

"안 되겠다. 야, 히비끼 가져온나. 속이 탄다, 속이 타."

B가 벌떡 일어나 히비끼 30년을 가져왔다. 요즘 구경조차 할 수 없다는 그 히비끼 말이다. 나는 일본 위스키를 처음 봤다. 일본 위스키가 유명하다는 사실도 알지 못했다. 히비끼 30년이 얼마나 귀한지도 물론 몰랐다. B는 물잔에 그 귀한 히비끼 30년을 콸콸 따랐다.

"아가씨도 한잔 따라줘라."

야쿠자 아저씨가 립서비스도 잘한다. 그때 나는 마흔둘이었고, 애도 있었다. 내 잔 역시 물컵이었다. 속이 탄다는 아저씨는 독한 위스키를 완샷했고, 나는 야금야금 마셨다. 혹시나 술에 취했다가 야쿠자 아저씨 앞에서 무슨 실수를 할지 몰랐다. 그 실수의 끝은… 아이 무셔라.

히비끼 30년은 묘한 술이었다. 부드러운데 향은 매우 강했다. 그리고 맨 마지막으로 단맛이 부드럽게 혀를 감쌌다. 그날의 분위기와 묘하게 어울리는 맛이었다. 치과의사가 무서웠다는 야쿠자, 유부남 꼬붕과 바람나 임신한 딸아이 때문에 주먹 대신 돈 보따리를 안기는 야쿠자, 인간 세계의 밖에 있을 것 같은 그도 결국은 인간이었다. 어쩔 수 없이 꼬붕을 이혼시켰지만, 덕분에 그의 딸은 탈 없이 애아빠와 살게 되겠지만, 그게 속상해 위스키를 물잔으로 완샷하는 그가 나는 어쩐지 이웃집 아저씨처럼 친근했다. 한쪽에서는 야쿠자인지 뭔지 정체를 알 수 없는 사나이들이 근엄한 모습으로 얼굴도 본 적 없는 친구의 아버지 제사를 모시고, 한쪽에서는 야쿠자 아저씨가 딸과 자신의 신세를 한탄하며 히비끼를 물 마시듯 마시고, 그 풍경이 강하면서

부드러운 히비끼와 참으로 절묘하게 어울리는, 오사카의
첫 밤이었다.

내 인생에 빠꾸는 없다

야쿠자인 듯 아닌 듯한 A를 드디어 만났다. 오사카의 근사한 사무실에서. 빌딩 전체가 그의 소유였고, 그의 사무실에는 샤갈의 진품이 두 점이나 걸려 있었다. 그를 소개해준 B가 내 귀에 속삭였다. 정말 비싼 것들은 금고에 따로 보관 중이라고. 샤갈의 진품을 소유한 인생이라니! 상상조차 해본 적 없는 인생이었다. 사무실에 아무렇게나 놓인 액자에는 A가 역대 미국 대통령들과 찍은 사진이 담겨 있었다(나중에야 알았다. 1억 넘는 돈을 지불하면 누구라도 그들과 점심을 먹고 사진을 찍을 수 있다는 걸. 역시 자본주의!).

A는 말수가 적었다. 묻는 말에도 엉뚱한 답을 하기 일쑤였다. 그렇지 않아도 알아듣기 어려운 조선말인데. 나는 인터뷰를 해야 하는데. 무엇보다 나는 그의 정체를 파악해야 했다. 야쿠자인지 아닌지(하기야 그걸 안다고 뭐가 달라질까. 그러나 그때의 나는 분명치 않은 걸 잘 참지 못했다). 마침 그가 자기 돈을 몇 번이나 횡령한 직원 이야기를 하기에 물었다.

"그 사람은 지금 뭐합니까?"

내 눈을 똑바로 응시한 채 그가 한 치의 망설임도 없이 대답했다.

"그 아이는 지금 존재하지 않고 있다."

우리말과 달리 일본말에서는 하고 있다, 하고 있지 않다, 같은 뭐라고 표현해야 정확할까, 현재진행형 표현이 자주 쓰인다. 그러니까 그 아이가 지금 존재하지 않고 있다…는 말은 그 아이가 지금 세상에 없다는 말이었다. 그 순간 나는 확신했다 A는 야쿠자다! 그리고 A는 말의 천재다!

그날 A와 함께 어딘가로 이동했다. 일본에는 일방통행

이 많다. 운전사가 길을 잘못 들었는데 하필 맞은편으로 차가 나타났다. 1차선 도로라 비켜 갈 틈도 없었다. 운전사는 차를 빼는 대신 조용히 차에서 내렸다. 그러고는 상대방 차, 그러니까 일방통행 도로로 제대로 들어선 차의 문을 두드렸다. 운전사는 말없이 봉투를 내밀었고, 상대방은 봉투를 열어보았다. 잠시 뒤 제대로 들어선 차가 후진을 하기 시작했다. 나중에 알고 보니 운전사는 1만 엔이 들어 있는 봉투 여러 개를 차에 늘 두고 다녔다.

"우리 차가 잘못한 거 아닙니까?"

내 말에 꼿꼿한 자세로 정면을 응시하고 있던 A가 말했다.

"내 인생에 빠꾸는 없다!"

그 말은 A의 집에도 걸려 있었다. A의 좌우명이라고 했다. 서예깨나 한다는 프로의 솜씨 같았는데, 빠꾸라는, 좌우명에는 어울리지 않는 생경한 표현이 우스워 혼자 키득거렸다. 그래도 나는 '빠꾸는 없다'는 표현이 '후회는 없다'는 말의 싸구려 버전이라고 짐작했다. 실생활에서 진짜로 빠꾸를 하지 않을 거라고는 상상도 하지 못했다. A는 정말로 절대 빠꾸를 하지 않는다.

　몇 달 뒤 A와 그 패밀리가 골프를 치러 제주도에 왔다. 골프 문외한인 나는 호텔 로비에서 기다리고 있었는데, 호텔 문으로 들어서는 A의 기분이 여간 즐겁지 않았다. B에게 무슨 일이냐고 물었다. B의 전언은 이러했다. 제주에 올 때마다 B는 관광버스기사에게 신신당부한단다. 제발 빠꾸를 하지 말아 달라고. 대부분 잘 지키다 꼭 호텔에 도착해서 사달이 났다. 우리나라는 후진 주차가 대부분이니까. 빽을 하려는 순간 B는 소리를 질러 버스를 멈췄다. 회장님(기업을 여러 개 거느린 것도 아닌데 왜 회장님인지는 나도 모른다)의 심기가 상하면 그날 패밀리의 일정이 다 틀어진다.

　그런데 그날, 내가 로비에서 기다리고 있던 그날, 영리한 버스기사가 차를 그냥 호텔 앞에 댔다. 빽을 하지 말라니 호텔 앞에 세우고 자신은 빈 차를 후진 주차한 것이다. 기분이 날아갈 듯했던 회장님은 무려 30만 엔(당시 환율로 근 400만 원에 가까운 돈이었다)을 팁으로 쾌척했다. 그리고 로비로 들어선 순간 회장님을 위한, 회장님의 18번이 홀에 울려 퍼졌다. 나중에 알고 보니 로비에 있는 바에서 필리핀 출신 밴드가 영화《대부》의 주제곡을 연주하고 있었다. 기분이 더욱 산뜻해진 회장님은 밴드에게도 30만 엔을 기꺼이 하사했다. 회장님은 매일 매 순간 상상을 초월하는 인물이었다.

빠꾸를 할 수 없어 1만 엔을 상대 운전자에게 건넨 회장님이 향한 곳은 복사시미집이었다. 손자의 생일잔치라고 했다(손자의 생일잔치를 복사시미집에서? 미국식 패밀리 레스토랑도 아니고? 호텔 레스토랑도 아니고?). 패밀리들은 그곳에도 어김없이 나타났다. 누가 봐도 야쿠자 같은 거구의 험악한 남자들로 가득한 복사시미집에서 이제 일곱 살이라는 회장님의 손자는 두둑한 봉투 백여 개를 생일선물로 받았다. 그 순간, 나는 신을 원망했다. 하나님께서는 나를 왜 이런 집의 손자나 손녀로 태어나게 하지 않으신 것인가!

김태희도 아니고 전지현도 아니고 야쿠자의 손녀는 더더욱 아닌 나는 신을 원망하며 난생처음 먹어보는 복사시미를 한 접시 더 추가해서 미친 듯 먹었다. 나는 원래 회를 좋아하지 않는다. 다금바리회도 민어회도 참치회도 두어 점이면 속이 니글거린다. 그런데 복어는, 비싼 데다 손질하기 어려워 먹고 싶어도 먹을 데가 흔치 않다는 복사시미는, 맛있었다. 엄청! 역시 나는 가난한 공주가 맞다. 나는 주로 이런 게 맛있다. 회장님들이 사주신 제비집이나 샥스핀이나 복사시미가. 회장님과 함께하지 않으면 절대 먹을 수 없는. 당연히 그 뒤로 복사시미를 먹지 못했다.

알수록 모르겠는 회장님 인터뷰를 몇 차례 더 진행한 뒤, 회장님이 어릴 때 살았다는 재일조선인촌, 조선시장, 조선학교 등을 돌아보았다. 그곳은 아직도 옛 모습 그대로였고, 나는 타임머신을 타고 수십 년의 세월을 거슬러 해방 직후의 어떤 날로 돌아간 것 같았다. 그곳에서 나는 어린 A를 본 것도 같았다.

어린 A는 막노동하는 아버지가 쥐여준 몇 푼의 돈을 손에 쥔 채 신이 나서 경사 급한 골목길을 달려 내려간다. 철길을 건너 숨이 턱에 닿도록 달린 그가 도착한 곳은 재일조선인만큼이나 천대받는 백정촌, 그곳에서 A는 일본 사람들은 먹지 않고 버리는, 일본말로 호르몬[ホルモン]이라 부르는 소와 돼지 내장을 양동이로 받아온다. 그게 가난한 재일조선인들의 일용할 단백질이다. 조금 머리가 굵

은 A는 동네 여자애를 짝사랑한다. 자전거를 타고 폼 나게 그 애 곁을 달리고 싶은데 돈이 없다. A는 친구들과 일본 사람 자전거를 훔친다. 재일조선인만 보면 빠가야로를 외치는 그들의 물건을 훔친들 죄의식도 들지 않는다. 그 정도라도 복수를 한 게 통쾌할 뿐이다. 훔친 자전거를 폼 나게 타고는 갈래머리 여자애의 뒤를 따른다. 새하얀 뒤통수의 살이 드러날 정도로 야무지게 묶은 양 갈래 머리카락을 잡아당겨 보고 싶지만 부끄러워서 차마 그러지 못한다. 그런 아이의 검정 치마(조선학교의 교복)를 일본놈들이 휙 걷어 올린다. 여자애는 비명을 지르며 주저앉고 A는 자전거가 나동그라진 것도 모른 채 달려가 일본놈들을 쥐어패기 시작한다.

그런 날들의 연속이었다. 목숨 걸고 강을 건너 2차세계대전 당시 터지지 않은 불발탄을 주워 팔아 하루를 연명하고, 친구들 중 누군가 일본인들에게 모욕을 당하고, 그런 일본놈들을 응징하고, 그런 세월의 끝에 그는 야쿠자가 되어 있었다.

콜타르가 발라진 판잣집, 그 집들 앞에 놓인 화분마다

새파랗게 자라고 있는 파와 상추, 깻잎 등을 보면서 나는 야쿠자일지 모르는, 범죄를 저질렀을지도 모르는 A를 어느새 마음 깊이 받아들이고 있었다. 누가 그를 야쿠자라 비난할 수 있겠는가. 그는 조센징이라 경멸하는, 평생을 살아도 동족으로 받아들여 주지 않는 일본에서 조선인으로 살아남기 위해 발버둥 쳤을 뿐이었다.

인터뷰의 마지막 날, 그의 아들이 스낵[スナック]이라는 곳에서 술을 샀다. 스낵은 우리식으로 말하자면 룸살롱, 그러나 우리나라와는 달리 개방된 카페 같은 곳이었다. 자리마다 여성들이 접대를 한다는 것만 비슷했다. 누구의 제안이었는지 그날은 위스키 대신 아와모리를 마셨다. 40도가 넘는 일본 소주였다. 안동소주 맛과 별반 다르지 않았는데, 캬, 하고 몸을 떨면서 나는 A의 눈빛을 떠올렸다. 사람을 꿰뚫어 보는 듯한 A의 눈빛은 지독히 외롭고 고독했다. 시장에서 순대를 파는 엄마에게 가게를 하나 내주고 싶었다는 십 대의 A는 아직 그런 눈빛이 아니었으리라. 짝사랑하는 조선 여자애의 치마를 들추는 일본애의 면상에 주먹을 날리며 A의 눈빛은 단단해지기 시작했을 테지. A가 건

너왔을 그 무참한 세월이 안타까워 나는 쓰디쓴 아와모리를 연거푸 들이켰다.

다시는 아와모리를 마시고 싶지 않다. 다시는 A를 만나고 싶지도 않다. 쓰라림은, 슬픔은, 저만치 두고 나는 벚꽃 분분히 흩날리는 이 봄처럼 가볍디가볍게 떠돌고 싶다.

흩날리는 벚꽃과 함께
춤을

오랜만에 내려온 제자 A(제자랄 것도 없다. 고작 한 학기 가르쳤을 뿐이니)를 보고 깜짝 놀랐다. 트레이닝복에 운동화, 게다가 맨얼굴! 평소의 A라면 상상할 수 없는 차림이었다. A는 탐나도록 예쁜 아이였다. 자기는 키 작은 게 콤플렉스라지만 아주 작은 것도 아니요, 얼굴만 예쁜 게 아니라 몸매도 멋졌다. 뿐인가. 머리도 좋아 명문대를 졸업했다. 술 마시다 내기 웃으며 말한 적도 있다.

"그런 얼굴과 몸으로 사는 건 어때? 짐작이 안 된다. 어디 하나 비슷하기라도 해야 짐작이라도 하지."

기가 찬다는 듯 A는 콧방귀를 뀌며 말을 받았다.

"별거 없어. 지금이라도 바꿉시다."

나는 내심 빈정이 상했다. 흥! 내 얼굴로 살아보라지. 하루도 안 돼 다시 바꾸자고 사정할 거면서.

암튼 예쁜 A는 옷도 잘 입었다. 몸치장하는 데 돈과 시간을 꽤 들이는 눈치였다. 꾸민 만큼 더 예뻐지는 A가 나는 늘 부러웠다. 꾸며봤자 거기서 거기, 한때 백화점에서 옷이나 신발을 사기도 했던 나는 그 사실을 깨닫고 어느 순간 예전으로 돌아갔다.

"무슨 일 있니?"

A의 짐을 받아 들면서 나는 조심스레 물었다. A는 눈치도 남달리 빠르다.

"일은 무슨. 걍 늙었어."

스무 살 가까이 많은 내 앞에서 늙었다니. 겨우 마흔인 주제에. 울 엄마는 아흔이 넘었는데. 이런 고얀!

"마흔 넘으니까 아무리 꾸며봤자 젊은 애들과 상대가 안 되더라고요. 그래서 그냥 포기했어. 늙어 발악해봤자 흉하기나 하지 뭐. 포기하니까 편하고 좋네. 운전하는데 어찌나 편한지."

A는 남자애처럼 하하, 소리 내 웃었다. 돈 잘 벌고 통도 큰 A의 짐은 한 보따리였다. 언제나 빠뜨리지 않는 블루에, 저 먹을 매취순에, 그 무렵 구례에서는 팔지 않던 체리에(A의 통을 한번 가늠해보시라. 뭐 사 갈까, 묻기에 구례는 체리를 안 팔아, 했더니 무려 10킬로그램을 사 왔다. 큰 상자째로. 체리를 그렇게 큰 상자 단위로 파는 건 첨 봤다. 먹다 지쳐 결국 동네 사람들과 나눠 먹었다), 온갖 치즈에…

그날 밤 나는 A가 사 온 블루를, A는 매취순을 밤새 마셨다(그때만 해도 젊어서 밤새 마실 수 있었다). 다음 날 아침 엄마 밥을 챙겨드리고 나니 우리 밥 챙길 기운이 없었다. 해장할 필요도 있었다. 때마침 제자 B가 합류했고, 숙취가 가시지 않은 우리를 대신해 B가 운전을 하기로 했다. 벚꽃 흩날리는 길을 달리며 A는 흥이 났다. 벚꽃은 만개할 때가 절정이 아니다. 질 때가 가장 아름답다. 햇볕 환하고 바람 없는 날, 혹은 비 내리고 바람 부는 날, 어느 쪽이든 지는 벚꽃은 처연하게 아름답다. 아니 처연해서 아름답다.

술꾼들의 내밀한 욕망인가, 어리석음인가. 숙취에서 벗어나기 위해 해장을 한다. 그런데 해장은 반드시 술을 부른다. 하여 숙취에 숙취를 더한다. 우리 또한 어리석어 운전자를 제외한 A와 나는 해장을 하며 다시 술을 마셨다. 밥집이니 당연히 소주였다. 두 병을 채 마시지 못했는데 취기가 홍건히 올라왔다. 안 되겠다 싶었는지 B가 가자며 우리를 부추겼다. 실은 B도 술을 마시고 싶었던 거다. 빨리 운전을 끝내고 집에서.

A의 차는 흰색 폭스바겐 골프였다. 섬진강을 건너자 이내 꽃길이 이어졌다. 우리가 술에 젖어가는 사이 바람이 불기 시작해 길은 온통 흩날리는 벚꽃 천지였다. 차량이 끝도 없이 이어져 좀처럼 나아가지 못했다. 멈춰 서다시피한 차 안에서 A가 지디(G-DRAGON)의 노래를 틀었다. 지디는 나의 최애 뮤지션이다.

영원한 건 절대 없어

결국에 넌 변했지

벚꽃 흩날리는 오후, 최고의 선곡이었다. 그렇다. 영원한 건 절대 없다. 저 찬란했던 벚꽃도 일주일을 버티지 못한 채 한 줌의 흙으로 돌아가기 위한 여정을 시작하지 않았는가. 이런 상념에 빠져 있는데 A가 벌떡 일어나 조수석 의자를 잡은 채 춤을 추기 시작했다. 그런데 웨이브가 범상치 않았다.

"너 춤 좀 추는구나?"

"그럼! 한때는 클럽을 주름잡았지. 끊은 지 오래지만."

우리는 흥에 넘쳐 급기야 차 문을 열고 밖으로 나갔다. A는 폭스바겐 본넷에 손을 올린 채 춤을 추었다.

　이 세상이란 영화 속

　주인공은 너와 나

　갈 곳을 잃고 헤매는

　외로운 저 섬 하나

시디의 노래가 배경으로 깔린 A의 춤사위 사이사이 연분홍 벚꽃이 미친 듯 날아들었다. 정체로 인해 양쪽으로 늘어선 차들이 하나둘 창문을 내리기 시작했다. 누군가는 웃음을 터뜨리고 누군가는 박수로 장단을 맞췄다. 그 소리에 나는 술이 깼다. 동시에 차 뒤로 주저앉았다. 그러고는 내가 언제 취했었냐는 듯 시치미 뚝 떼고 뒷좌석에 올라탔다. 술과 춤과 꽃에 취한 A는 지디의 노래가 툭 끊긴 뒤에야 불이 꺼진 연극 무대에 홀로 남은 배우처럼 머쓱하게 사방을 둘러보았다. 사람들이 우— 환호성을 질렀다. 그 순간 A도 술이 깼는지 삽시간에 하얀 얼굴이 홍당무처럼 달아올랐다.

쪽팔릴 땐? 마셔야지! 우리는 또 마셨다. 그날 밤, A가 시니컬하게 물었다.

"쌤. 나는 왜 이따위지?"

"네가 어때서?"

"속물이잖아. 이 속물성을 어쩔 수가 없어."

"속물이 어때서? 나도 속물이야. 나도 에르메스 좋아! 에르메스 갖고 싶다!"

외쳤더니 A가 피식 웃었다.

"쌤은 남자한테 기대지 않잖아. 에르메스를 사도 쌤 돈으로 살 거잖아. 나는 남자가 사 주는 에르메스가 좋다고!"

"그럼 더 좋지! 나도 남자가 사 주면 냅다 받을 거야. 근데 아무도 안 줘. 에르메스는 무슨. 야, 남자들이 쳐다도 안 본다."

"남자들이 눈이 삐서 그렇지."

"그래. 사실이야 어떻든 남자들이 눈이 삔 것으로!"

우리는 눈 삔 남자들을 탓하며 술잔을 부딪쳤다.

예쁘고 똑똑하고 능력 있고 돈도 잘 버는 A이지만 상처가 많다. A는 부모의 충분한 보살핌을 받지 못했고, 예쁜 이모들은 돈 있는 남자 후려서 먹고사는 모습만 평생 보여 주었다. 그런 이모들을 닮을까 봐 A는 노심초사하며 스스로 최선을 다해 산다. 남자를 만날 때마다 이모들과 다를 바 없는 게 아닌지 바싹 긴장하고 자신을 반성하면서.

A는 돈 없는 인생을 상상하지 못한다. 한때 소설을 쓰려했던 A는 그런 자신을 속물이라 비난하고 자조한다. A는 서른 넘은 뒤 최선을 다해 일했다. 끈기가 없어 직장을 자주 옮기기는 하지만 그러면 어떤가? 더 나아지고 있는데.

이번 장편(『아버지의 해방일지』)을 내고 나서 난생저음

출판기념회라는 것을 했다. 구례에서 구례 사람들이 해준 잔치다. 그런 잔치를 싫어하는 터라 술이나 마시자 했다. 바빠서 못 온다던 A는 블루를 택배로 네 병이나 보냈다.

"블루는 쌤만 마셔! 남 다 퍼주지 말고."

흥. 받은 이상 내 맘이지. 당연히 모두와 행복하게 나눠 마셨다. 엊그제 A는 전화를 걸어 또 자조했다.

"쌤. 난 왜 이렇게 이기적이지? 정말 못된 거 같애."

기쁘게 답했다.

"좋다 좋아. 아는 게 어디냐? 것도 모르고 잘난 척하는 사람들이 천지 삐까리에 널렸는데!"

이기적이든 속물이든 나는 반성하는 A가 참으로 어여쁘다. 올해도 어김없이 벚꽃이 만발했는데 돈을 더 잘 벌게 된 A는 바빠서 오지 못했다. 나도 너무 바쁘다. 우리 둘 다 한가해져 다시 그날처럼 낮술에 취해 흩날리는 벚꽃 아래 춤출 수 있기를.

다정의 완성

사람은 때로 자신도 모르는 사이 누군가에게 영향을 미치기도 한다. 동기 A가 그랬다. 나는 A 때문에 다시는 시를 쓰지 않았다. A는 물론 모를 것이다. 자존심이 상해서 말하지 않았으니까. 대학에 입학해서 얼마 되지 않아 시 합평 시간이 있었고, A가 낸 시를 읽으며 내가 지금까지 쓴 것은 시가 아니라 행갈이를 한 산문임을 깨달았다(중고등학교 시절 나는 시고 깨 많은 상도 받았더랬다). 그 뒤로 다시는 시를 쓰지 않았다. 그런데 어떻게 학점을 받았지? 시 수업

때 한 번도 시를 내지 않았는데? 그렇게 자유롭고 태평하던 시절에 대학을 다닌 게 참으로 다행이다.

아무튼 A는 나와 전혀 다른 사람이었다. 그의 시에 눌린 이후 나는 A의 일거수일투족을 유심히 관찰했다. 그는 나와 다른 책을 읽었고, 나와 다른 사람과 어울렸고, 나와 다른 세상을 보고 있었다. 그가 보는 세상이 궁금하여 그가 읽는 책을 따라 읽기도 했고, 그와 어울리는 사람들까지 관찰하기도 했다. 대학 시절, 그는 내게 도무지 알 수 없는 존재였다.

A는 자주 나에게 면박을 주었다. 수업이 끝나고 술집들이 모여 있는 내리로 내려가는 길, 어디 가냐고 옆에 서면 그는 돌아보지도 않은 채 싸늘하게 비수를 꽂았다.

"떨어져."

결국 그와 내가 멀찍이 따로 걸어서 당도한 곳은 같은 술집이었다. 내가 자기 테이블에 앉기도 전에 그는 또 비수를 던졌다.

"떨어져."

우리는 다른 테이블에 각기 홀로 앉아 술을 마셨다. 솔직히 말하면 나는 약간 내상을 입었다. 내가 뭘 잘못했는지, 내가 왜 그렇게 싫은지, 묻지도 못한 채 혼자 속을 끓였다. 이럴 때 꼭 오해하는 사람들이 있다. 상상 금지! 절대 사랑은 아니었고, 사랑 비슷한 감정을 느낀 적도 없다. 그저 내가 가지지 못한 것을 가진 자에 대한 동경이나 질투 뭐 그 비스꾸무리한 것이었다. 청춘이 지나고 나서야 깨달았다. 나보다 깊고 넓다고 생각했던 A 또한 나와 똑같이 청춘의 허세를 부렸을 뿐이라는 걸. 청춘은 허세다. 그러니까 청춘이지. 스무 살 언저리의 A는 인생도 문학도 독고다이, 쓸쓸하게 홀로 감당해야 하는 것, 그런 찬란하게 유치한 마음으로 홀로 걷고 홀로 마셨던 것이다.

노상 떨어져,라고 외쳤던 A의 광주 본가에 간 적이 있다. 왜 가게 됐는지는 전혀 기억나지 않는다. 이 층짜리 일본식 목조건물이고, 대문을 열고 들어서면 A처럼 단정한 정원이 있다는 것은 기억난다. 내가 도착하자 A의 어머니와 아버지는 장을 봐오겠다며 집을 나섰다. 여름이었나보다. 계절적 배경은 기어나지 않는데 어머니가 양산을 들었던 걸 보면. 나는 잘 다녀오시라 허리 숙여 배웅했다. 나 대집

할 거리를 사러 가시는 길일 테니까.

고개를 들고 보니 두 분은 손을 잡은 채 걷고 있었다. 양산 아래 어깨를 겹치듯 나란히 서서. 양산 그림자가 두 사람을 감싸 그들만 작열하는 뙤약볕의 횡포로부터 벗어난 듯했다. 그 모습이 몹시도 기이했다,그밖에 나는 설명하지 못하겠다. 내 부모는 손을 잡고 걸은 적이 없다. 그래도 둘은 나란히 걷기는 했다. 그 무렵의 시골 부부들은 나란히 걷는 경우도 드물었다. 대개 남편은 뒷짐을 진 채 몇 걸음 앞장서고 여자는 짐보따리를 이거나 진 채 뒤따르는 게 내가 평생 봐온 풍경이었다. 남자가 양산 그늘 아래 들어가다니! 가부장의 횡포가 심했던 시절, 가오가 있지, 남자가 양산 그늘 아래 여자와 손을 잡고 걷는다는 건 상상할 수 없는 일이었다. 그러나 고백하겠다. 충격적이었지만 아름다웠다는 것을.

그날 저녁, 큰 상에 둘러앉아 다 같이 밥을 먹었다. 무슨 생선구이가 있었다. 나도 먹었을 건데 그런 건, 밥상의 메뉴 같은 건, 기억나지 않는다. 밥상에서의 단 한 장면을 기억할 뿐이다. A의 아버지가 생선 살을 바른다. 그 살을 들어 어머니의 밥 위에 가지런히 놓는다. 어머니가 아유, 하며 익숙하게 밥을 떠먹는다. A에게는 아버지도 어머니도 생선 살을 발라주지 않았다. 남자와 여자가, 아니 남편과 아내가 이렇게도 다정할 수 있구나, 나는 처음 보았다, 처음 알았다. 우리 집 밥상은 이러하다. 내가 된장국에 든 멸치를 건진다. 아빠가 자연스레 국그릇을 가져온다. 그사이 엄마는 생선을 바른다. 그 생선을 내 밥 위에 놓는다. 아빠도 생선을 바른다. 그 생선을 내 밥 위에 놓는다. 아빠는 생선 대가리만 먹는다. 어두육미라면서. 물론 아빠도 엄마가 아플 때면 밥을 직접 하고, 엄마를 일으켜 세우기는 했다. 숟가락을 쥐여준 적도 있다. 그러나 그건 생존을 위한 풍경, A 집의 풍경은 그와는 전혀 달랐다. 나는 그 풍경이 신기하고, 마침내 부러웠다. 뙤약볕을 막아준 양산처럼 뭐랄까, 말로는 설명하기 어려운 말랑말랑하고 달콤한 공기가 집 안을 감싸고 있는 듯했고, 부러우면서도 나는 조금 숨이 막혔다.

그 뒤로는 다시 암전, 아무것도 기억나지 않는다. 여자인 내가 설마 그 집에서 잤을 것 같지는 않다. 왜 갔는지 시억나지 않듯 어떻게 나왔는지 어디로 갔는지도 기억나지 않는다.

그로부터 두어 해 뒤 A의 소식을 전해 들었다. 건강해 보였던 어머니가 암에 걸려 세상을 떠났다고 했다. 세상이 무너지는 것처럼 슬픔에 잠겼던 아버지는 반년 만에 새장가를 들었다. 충격을 받은 A는 아버지와 거의 연을 끊고 광주에 가지 않는다고 했다. 나도 충격을 받았다. 그 다정했던 사람이 반년 만에 새로운 사랑에 빠졌다고? 사람이 어떻게 그럴 수가 있지?

오랜 세월이 지난 어느 날 다정한 제자와 술을 마시다 그 이유를 깨달았다. 다정한 제자는 일행 중 누군가 깻잎을 집으면 기다렸다는 듯 잡아주고, 취한 듯 보이면 부축해서 방으로 안내하고, 누군가의 어깨에 보푸라기가 보이자 연인인 듯 다정하게 떼어주었다. 그에게는 물론 연인이 있었다. 여럿이고 누구에게나 똑같이 행동해서 누구도 오해하지 않았지만 둘만 있었다면 누구라도 마음이 설렜을 것이다. 그렇다. 다정한 사람은 누구에게나 다정하다. 불행히도 혹은 공평하게도 다정한 사람은 다정하지 않은 사람보다 외로움을 잘 못 견디는 경우가 많다. 다정하니까. 마음이 말랑말랑하니까. 늘 아내의 곁에서 다정하게 함께했던 A의 아버지에게는 아내의 공백이 못 견디게 크지 않았을까? 그래서 그리도 빨리 새로운 다정의 대상을 찾아낸 게 아닐까? 깨달은 그날 다정한 제자와 밤새 시바스리갈을 마셨다. 야! 아무한테나 다정하지 마, 술꼬장을 부리면서.

"천성을 어찌할 수 있어?"

다정한 제자는 더없이 다정한 눈빛으로 빈 잔에 위스키를 따랐다. 그날 나는 다정에 대한 오랜 갈급함을 버렸다. 다정한 사람도 무심한 사람도 표현을 잘하는 사람도 못 하는 사람도 다 괜찮다. 각기 다른 한계를 끌어안고 사는 셈이니까.

초원의 모닥불이
사위어 갈 때

마흔서넛 무렵, 느닷없는 전화를 받았다.

"나, A입니다."

알 거라 생각한 모양인데 이름을 들어도 떠오르는 얼굴이 없었다. 암만 생각해도 모르는 사람이었다. 멈칫거리자 A가 덧붙였다.

"**주인입니다. 일전에 본 적이 있는데요."

그제야 알 것 같았다. **은 유명하진 않지만 아는 사람은 다 아는 훌륭한 한옥 펜션이다. 어느 날 제자들과 술을 마시다 한옥 예찬을 늘어놓았더니 한 녀석이 한옥 펜션을 예약해 몇 차례 다녀온 적이 있었다. 조상 대대로 살았다는 오래된 한옥은 별채까지 포함해 한 팀만 받는데 가격이 만만치 않았다. 그래도 오롯이 우리만 쓰는 데다 작은 연못이며 뒷산까지, 풍광이 나무랄 데 없이 좋았다. 주인을 대신해 한옥을 관리하는 분이 손님을 맞는데 언젠가 서울 사는 주인과 **에서 만난 적이 있었다. 그가 바로 A였다. 그날 A 부부는 와인 저장고라는 토굴을 구경시키고, 서비스라며 썩 좋은 와인을 한 병 선물했다. 그게 인연의 전부였는데 전화를 해온 것이다.

"『빨치산의 딸』을 쓰신 정지아 씨 맞죠? 오래전에 잘 읽었습니다."

물론 내 이름으로 예약을 하긴 했지만 내 이름만 보고 그 오래된 책을 기억해낼 줄은 몰랐다. 낯이 뜨거웠다. 빨치산의 딸이 비싼 한옥 펜션이라니.

"그런데 무슨 일로…"

"아, 제 지인들과 이번에 키르기스스탄에 갑니다. 정 작가님도 함께 가시면 좋겠다 싶어서요. 흔치 않은 기회이니

같이 가시죠?"

카자흐스탄은 알아도 키르기스스탄은 몰랐다. 찾아보니 우즈베키스탄과 몽골 근처에 있는 나라였다. 고민 끝에 가기로 했다. 이유는 단 하나, 함께 간다는, 날고 기는 사람들이 궁금했기 때문이다. 나는 그때까지 주류에 속한 이들과 어울려본 적이 없었다. 아니 기회가 없었다. 내가 주류가 아니니까. 주류인 그분들이 어찌 나 같은 빨치산의 딸을 끼워주기로 결심했는지 모르겠지만 아무튼 내 인생 최초로 온 기회를 잡아보기로 한 것이다.

결론은 아! 실수였다, 참담한 실수였다. 그들이 이상해서가 아니었다. 내가 이상해서였다. 그들은 단 10분도 허투루 쓰는 법이 없었다. 잠시라도 짬이 나면 돌아가면서 5분 스피치라는 것을 했다. 각자 자기가 아는, 삶에 도움이 될만한 이야기를 강연처럼 짤막하게 들려주는 것이다. 아흔 넘어 영어를 배우기 시작한 할아버지가 있는데 백세시대의 표본이라든가 뭐 이런… 놀러 와서까지 배우려는 그들의 자세가 감탄스럽긴 했다. 그러나 즐겁진 않았다. 이래서 나는 주류가 못 되는 모양이었다. 인정! 나는 평생 주류가 아니기로!

　작정을 하니 그 시간이 더 못 견디게 괴로웠다. 그래서 나는 5분 스피치 시간만 되면 도망 다녔다. 도망 다니다 나처럼 도망친 젊은 친구 둘과 마주쳤다. 그들은 일행 중 한 분의 연구소 직원이었다. 그러니까 그들 역시 주류가 아니었고, 주류가 아니라 5분 스피치가 괴로웠던 것이다. 주류 아닌 우리들은 이내 친해졌다.

　5분 스피치보다 더 괴로운 게 있었으니 그들이 술을 마시지 않는다는 거였다. 무려 여행을 왔는데 말이다. 술 마시는 시간은 당연히 버리는 시간일 테니 이해는 됐다. 시간을 뺏는 것도 아닌데 담배 태우는 사람도 없었다. 물론 건강을 해쳐 일에 방해가 되니 그렇겠지. 이 또한 이해는 됐다. 본의 아니게 사흘 넘게 금연했다. 이럴 때는 꼭 촌년 마인드가 발동해서 나보다 나이 많은 분들 앞에서는 담배를 태울 수 없었던 것이다. 그러나 최소한의 예의도 사흘 만에 꼬리를 내렸다. 참다못해 사흘째 되는 날, 게르 뒤에 숨어 담배를 태웠다. 살 것 같았다. 그러면서 생각했다. 나는 담배의 노예가 되었구나. 어쩌겠는가. 노예로 살아야지.

노예라는 걸 인정하고 나니 맘이 절로 겸손해졌다.

초원의 게르에 묵은 날, 양을 잡았다. 유명한 기업의 CEO라는 분이 웬일로 가이드를 불러 술을 사 오라 주문했다.

"양이 있는데 술도 있어야지."

그 말에 넉넉히 사 오겠거니 마음을 놓았다. 역시 성공한 사람들도 기분을 낼 줄 아는구나 싶어 멀었던 마음이 순식간에 가까워지는 듯도 했다. 가이드가 술을 사 왔다. 보드카 단 두 병을. 이런 젠장. 사람이 스물인데… 그렇다. 이들은 진짜 술이 필요했던 게 아니다. 우리도 기분은 낼 줄 안다는 코스프레로 술이 필요했을 뿐이었다. 보드카 두 병을 스무 개의 잔에 따랐다. 보드카는 비었고, 양 한 마리를 먹어치우고 사람들이 빠져나간 자리에는 입도 대지 않은 잔 열아홉 개가 남았다. 내 잔만 말끔하게 비어 있었다. 나는 입도 대지 않은 잔들을 간절하게 바라보았다. 맘 같아서는 술병에 도로 따르고 싶었지만 모르는 사람들 앞에서 그렇게까지 술에 대한 나의 탐욕을 노골적으로 드러낼 수는 없었다. 비주류인 나에게도 체면이라는 게 있지 않은

가! 술이 쓰레기로 변하는 양을 나는 참으로 비통한 심정으로 지켜보았다.

그날 밤, 초원 위에 모닥불을 피웠다. 고온건조한 날씨 덕에 불은 이내 붙었다. 주류는, 노동이라는 것을 해보지 않았을 것 같은 주류는, 심지어 불도 잘 피웠다. 그건 하층계급인 내 전문인데⋯ 나는 그 너른 초원 위에서 자꾸만 짜부라드는 것 같았다.

사람들은 불 주변으로 둥그렇게 스크럼-아니지, 이건 비주류의 용어지, 둘러서서 어깨동무를 했다. 그러고는 빙빙 돌면서 노래를 부르기 시작했다. 대개는 70년대 대중가요였지만 간혹 찬송가도 나왔다. 아! 찬송가⋯

술도 없이 그들은 노래에 취했다. 그들의 우렁찬 노랫소리가 초원으로 울려 퍼졌다. 그들은 흥도 통제할 줄 안다. 그럴 수 있어서 주류인가 보다. 두어 시간 지나자 사람들이 자리에 주저앉았다. 드디어 피날레였다.

일행 중에는 나와 같은, 아니 어떤 면에서는 나보다 더한 오페라 가수가 있었다. 소설이야 종이에 쓰면 그뿐이지만 오페라 가수는 관객이 있어야 노래를 부를 수 있다. 노래를 부르기 위하여 그들은 자본과 친하게 지내야만 한다. 나는 참으로 쌩뚱맞은 멤버였지만 그는 어쩔 수 없이 언젠가 노래 부를 자리를 만들어줄 사람들과 친목을 도모하기 위해 그 여행에 참여했을 터였다.

그는 요청을 받고 초원 위에 우뚝 서서 노래를 불렀다. 오페라에 문외한인 나는 어떤 곡이었는지 까맣게 잊었다. 다만 덩치 큰 그가 홀로 일어나 초원이 쩌렁쩌렁 울리도록 열창하는 모습이 어쩐지 쓸쓸하였고, 그의 머리 위로 흘러가던 젖빛 은하수가 아련하게 내 마음을 파고들었다는 사실만 기억할 뿐이다.

그는 세 곡을 연달아 불렀다. 그의 노래가 끝나고 모닥불도 사그라들었다. 사람들도 하나둘 숙소로 돌아갔다. 초원 위에는 나와 연구소 직원 둘과 역시 젊은 여행사 직원만 남았다. 누군가 씁쓸하게 읊조렸다.

"술이 없네요…"

내가 벌떡 일어났다. 셋이 동시에 나를 쳐다보았다.

"갑시다!"

"어딜? 이 밤중에…"

나는 보았다! 모닥불을 피우기 전, 산책을 하다 옆 게르에 보드카가 궤짝으로 쌓여 있는 걸. 그 게르도 관광객을 상대로 영업을 하는 모양인데 손님 하나 없이 한적했다. 거기라면 오늘의 일용할 양식을 구할 수 있을 것 같았다.

우리는 달빛과 별빛을 받으며 초원을 밟아 옆 게르로 갔다. 옆이라고 해도 1킬로미터가 훌쩍 넘었다. 초원에서의 거리감이란 대개 그러하다. 코앞인 것 같은데 걸어도 걸어도 가까워지질 않는다. 우리 넷은 젖빛 달빛 아래 고요히 잠든 초원을 가로질러 보무도 당당하게 행진했다. 끝이 보이지 않는 초원에 살아있는 존재라고는 우리뿐인 듯했다.

게르는 텅 비어 있었다. 문은 활짝 열린 채였고, 한쪽 구석에 우리의 일용할 양식이 보였다. 우리는 오페라 가수라도 되는 양 쩌렁쩌렁한 목소리로 외쳤다.

"헬로우!"

십여 분이 지났다. 목이 아팠다. 아무나 가수가 되는 게 아니다. 돈을 놔두고 가져가야 하나 어쩌나 고민하는 찰나, 주인이 나타났다. 말은 전혀 통하지 않았다. 그러나 인간에게는 보디랭귀지가 있다. 나는 돈을 꺼낸 채 보드카를 들어 올렸다. 그는 단박에 알아차렸다. 우리는 각자 술 한 병씩을 들었고, 그는 내가 꺼낸 돈 중의 일부를 술값으로 가져갔다. 우리는 의기양양하게 길을 되짚어 모닥불 곁으로 돌아왔다.

그런 순간에는 술의 맛이 그닥 중요하지 않다. 별이 빛나고 하늘과 초원이 맞닿고 모닥불이 사위어가는 그런 밤에는.

술이 들어가고 말은 차츰 사라졌다. 누군가는 뚫어져라 모닥불을 쳐다보고, 누군가는 고개를 들어 하늘을 보고, 누군가는 끝도 없이 펼쳐진 초원을 바라보았다. 그저 고요히 술을 마셨을 뿐인데 잠자러 들어갔던 사람들이 하나둘 우리 곁으로 다가왔다. 그들도 우리 곁에 털썩 주저앉아 말없이 술을 마셨다. 그들도 역시 우리와 다르지 않았다. 그들에게도 이런 순간에는 약간의 알코올이 필요했던 것이다.

그들과 우리는, 그러니까 그냥 우리는, 그날 알코올의 힘을 빌려 자신의 내면으로 침잠하거나 잠시 우주의 일부가 되는 경이를 경험했다. 새로운 별들이 떠오르고, 달이 초원을 가로질러 달리고, 술이 천천히 우리의 혈관을 데우고, 모닥불은 사위고, 그렇게 초원의 밤이 깊어갔다.

우리는 그때 서로 사랑했을까 ————

인연이란 참으로 기이하다. 어떨 때는 인연이 꼬리를 물고 나타나기도 한다. 아일랜드와의 인연이 그랬다. 시작은 아일랜드 신부님이었다.

어느 날, 한 신부님이 전화를 걸어왔다. 영어 울렁증이 있는 사람들은 알리라. 전화를 받자마자 헬로우. 헬로우라니. 순식간에 몸이 얼어붙었다. 영어 무식자를 고려하여 신부님은 천천히 쉬운 영어로 말을 이었다. 덕분에 대충 알아듣기는 했다. 신부님은 내 단편소설 중 하나를 번역하여 어느 번역상을 받았다. 은퇴하여 아일랜드로 돌아가는데 그 전에 나를 보고 싶다는 것이었다.

소설을 번역했으니 한국어를 잘할 거라는 믿음을 안고 신부님을 만났다. 웬걸? 신부님은 한국어를 한마디도 하지 않았다. 한 시간쯤 삐질삐질 땀을 흘리며 신부님 입에서 굿바이가 나오기를 기다렸다. 영원과도 같은 시간이었다(이래서 사람은 공부를 해야 한다!).

몇 달 뒤, 신부님이 메일을 보내왔다. 한국에 관심이 많은 교수가 한국을 방문하는데 나를 꼭 만나고 싶어 한다고. 거절할 수도 없는 노릇이라 약속을 정해놓고는 죽을 맛이었다. 잔꾀를 써서 내가 출강하는 대학 문창과에서 영어를 가장 잘하는 학생을 수소문했다. 그 당시 문창과에는 영어 잘하는 친구도, 운전면허 가진 친구도 참으로 드물었다. 서글프게도 그게 문학도의 현주소였다. 미국에서 잠깐 살기도 했다는 친구가 나타났다. 그 친구를 대동하여 약속 장소로 나갔다. 아침 열 시였다. 글 쓰는 우리에게는 새벽 다섯 시쯤에 해당하는 시간이다.

아일랜드 어느 대학의 교수는 아일랜드가 아니라 이탈

리아 사람이었다. 교수는 나의 세계관이며 작품세계 같은 것을 진지하게 물었다. 이번에는 통역하러 나온 학생이 죽을상이었다. 그 친구는 일상어에만 능통했다. 외국어란 이렇게나 어렵다. 미국에서 잠깐 산 정도의 대학생에게는 세계관, 작품세계 같은 용어조차 낯설었겠지. 그래도 땀 삐질 삐질 흘리며 학생이 애써준 덕에 그럭저럭 자리가 끝났다.

두어 달 뒤, 이탈리안 교수에게서 메일이 왔다. 한국학 콘퍼런스에 참여해달라는 내용이었다. 비행기표와 숙식 제공이었다. 앗싸! 당연히 오케이.

아일랜드는 가본 적 없던 터라 오랜만에 가슴이 설렜다. 런던 히스로 공항을 거쳐 더블린으로, 공항에 도착하자 교수가 나와 있었다. 어리석은 나는, 아니구나, 이런 일이 처음이었던 나는, 콘퍼런스에 참석하면 당연히 그 정도의 환대를 받는 줄 알았다. 나중에 알고 보니 십수 명의 참여자 중 그런 환대를 받은 것은 나뿐이었다.

숙소에 도착한 때는 밤 아홉 시, 교수는 호텔 로비의 카페로 나를 데려갔다. 내가 위스키 좋아한다는 말을 기억하고 있었나 보다. 그는 제임슨이라는, 나는 처음 마시는 아이리시 위스키를 시켜주었다. 정작 자신은 마시지 않았다. 짧은 영어로 대충 해석한 바에 의하면 그도 한때는 위스키를 즐겼다. 그런데 어느 날, 눈을 떠보니 고속도로를 걷고 있었다. 그날 이후 다시는 술을 마시지 않았다. 진지하고 근엄한 학자에게도 좌충우돌의 청춘이 있었구나, 느닷없이 그가 친밀하게 느껴졌다. 어쩌면 전혀 다른 말이었을지도 모른다. 아무튼 나는 그렇게 알아먹었다. 언어가 통하지 않으면 이런 식이다. 답답해하던 차에 같은 대학에 근무하는 한국인 교수가 구세주처럼 등장했다. 이탈리안 교수의 배려였다.

일정이 모두 끝난 주말, 그는 나와 몇 사람을 집으로 초대했다. 처음 보는 한국 사람들과 기차를 타고 더블린 인근 그의 집으로 갔다. 바닷가 절벽 위에 위치한 그의 집은 교수라는 신분에 걸맞지 않게 작고 소박했다. 거실 창으로 넘실거리는 검은 바다가 압권이었고, 혼자 책을 읽고 차를 마실 수 있는 작은 부엌이 진실하고 소박한 주인을 닮은 것 같아 마음에 쏙 들었다. 햇살 부서지는 대낮에 다른 일행은 와인을, 나는 부시밀즈를 마셨다. 그 또한 처음 마시는 아이리시 위스키였다. 전문가들의 표현을 빌자면 프루티하다나 뭐라나, 과일 향 같은 게 제법 짙게 풍겼다. 부드럽지만 느끼하다고 해야 할까. 아무튼 내 취향은 아니었다. 그저 낯선 땅, 낯선 사람, 창밖으로 넘실거리는 검은 파도, 뭐 그런 맛이 위스키에 스며들어 좋은 기억으로 남았을 뿐이다.

그는 그날도 술을 마시지 않았다. 혼자 커피를 마셨다. 아이리시 커피냐는 내 질문에 그는 어깨를 으쓱하며 바다가 바라보이는 창가로 갔다. 순간 햇빛이 쏟아졌고, 찬란한 햇빛 속에서 그는 평생 책만 판 학자답게 어깨가 굽은 실루엣으로 바다를 바라보았다. 그의 곁에 서서 평생 함께 바다를 바라보며 살아도 좋겠다는 생각이 들었다. 언어만 통한다면. 그러나 통하지 않는 게 현실이었다.

돌아가는 날, 이탈리안 교수가 혼자 공항으로 배웅을 나왔다. 너를 닮은 술이라며 위스키 한 병을 들고. 그가 선물한 위스키는 레드브레스트였다. 술 이름이 붉은 가슴이라니. 빵 터졌다. 이탈리안 교수도 피식 웃었다. 그는 내가 빨갱이의 딸인 것을 알고 있었다(물론 레드브레스트가 빨갱이를 위한 술은 아니다. 레드브레스트는 울새라고도 번역되는, 빨간 가슴의 유럽 참새를 일컫는다). 자신이 언젠가 고속도로에서 깨어난 트라우마를 극복하거든 뜨거운 가슴으로 레드브레스트를 함께 마시자는 게 그의 작별 인사였다.

그해 여름, 이탈리안 교수는 한국에 가서 방학 동안 머무를 테니 한국어를 가르쳐달라고 했다. 몇 가지 이유로 거절했다. 뭔가 너무 친밀한 느낌이었고, 그보다 외국인을 계속 만나야 한다는 게 스트레스였다. 한국어를 잘한다고 잘 가르칠 수 있는 것도 아니었다. 정중하게 전문적인 한국어 강사를 고용하는 방법과 수업 비용, 숙소 비용을 메일로 전달했다. 그 뒤로 그는 더 이상 내게 메일을 보내지 않았다. 대신 그가 소개했던 한국인 교수가 연락을 해왔다. 그는 한국인이므로 간혹 한국에 들렀고, 올 때마다 아이리시 위스키를 선물해주었다. 아이리시 위스키를 마시며 간혹 이탈리안 교수가 그리웠다. 영어에 능통했다면 먼저 연락했거나 아일랜드로 날아갔을지도 모르겠다. 왜였는지 그가 선물한 레드브레스트를 오래도록 마시지 못했다.

몇 년 뒤, 한국인 교수의 초청으로 다시 아일랜드를 방문했다. 첫날의 일정을 마치고 나자 한국인 교수가 이탈리안 교수의 근황을 전해주었다. 암에 걸려 항암 치료를 했으나 효과가 없었다고. 죽음이 얼마 남지 않았을 그가 다음 날 내게 점심을 사주고 싶어 한다고. 어찌 거절할 수 있으랴.

다음 날 교수 식당에서 그를 만났다. 몇 년 전 봤을 때보다 몸무게가 반으로 준 것 같았다. 그런 몸으로 그는 환히 웃으며 나를 반겼다. 가볍게 포옹을 하고 양 볼을 가볍게 대는 인사를 나눴다. 내 등에 얹힌 그의 손이 가늘게 떨리는 것을, 나는 느꼈다. 설렘 탓인지 병 탓인지 아니면 마지막이라는 슬픔 탓인지 분명치 않았다. 어쩌면 나도 떨고 있었을지 모르겠다. 가까워진 적도 없는데 가까운 듯한 그런 느낌을 나는 이전에도 이후에도 느껴본 적이 없다. 가까워진 적도 없는데 영원한 작별을 나누는 그 순간의 복잡한 심경을 나는 단 한마디도 그에게 전할 수 없었다. 그도 말하지 않았다. 내가 알아듣지 못할 것을 알았으니까.

그도 나도 식사를 반 넘게 남겼다. 식사하는 내내 그는 밝게 웃었다. 조용한 식사가 끝났고, 그가 먼저 자리에서 일어났다. 그 정도의 외출도 힘에 부칠 만큼 쇠약한 상태였다. 그는 들고 왔던 작은 쇼핑백을 건넸다.

"Redbreast for you."

그는 가볍게 나를 안고 나서 내 눈을 똑바로 보며 말했다.

"Meeting you was the greatest delight of my life."

대충은 알아들었다. pleasure나 happy와는 격이 다른 듯한 delight라는 표현이, 영어도 모르는 문외한인 주제에 어쩐지 마음에 걸렸다. 우리에게 시간이 좀 더 허락되었다면 그뿐만 아니라 나에게도 그와의 만남이 내 인생의 delight가 될 수 있었을까? 그는, 곧 죽음을 앞둔 그는, 환하게 웃으며 뒤돌아섰다. 평생 몸담았던 교정을 완전히 빠져나갈 때까지 그는 뒤돌아보지 않았고, 걸음을 늦추지도 않았다. 그는 이내 시끌벅적한 인파 사이로 스며들었다.

오전 일정이 끝나고 한가했던 나는 그가 평생 몸담았던 교정을 거닐었다. 그 대학은 은퇴한 교수들이 재산을 기부하면 죽을 때까지 교수 숙소에 살게 해준다. 연구실도 준다. 기기서 늙어가며 연구를 계속하는 게 그의 마지막 꿈이었다. 대기자들이 하도 많아 입주하게 될지 모르겠다며 웃던 그가, 그의 등 너머로 넘실거리던 검은 파도가 자꾸만 눈에 밟혔다.

몇 달 뒤, 그는 세상을 떠났다. 소식을 전해 듣던 날, 그가 준 레드브레스트 두 병을 꺼냈다. 하나는 15년, 하나는 21년이었다. 21년부터 뜯었다. 술은 본디 좋은 것부터 마시는 법이다. 취하기 전에. 취한 뒤에는 맛도 주종도 상관없다. 어차피 모르니까.

역시 아이리시 위스키는 내 취향이 아니었다. 너무 부드럽고 너무 느끼했다. 복잡한 향도 거슬렸다. 그가 마음을 담아 준 선물인데도 나는 즐기지 못했다. 망자의 선물이어서일지도 모르겠다.

아이리시 위스키를 마실 때마다 이미 세상에 없는 그가 떠오른다. 우리는 그때 잠깐이나마 서로 사랑했을까? 내가 붉은 가슴으로, 뜨거운 가슴으로 다가갔다면 우리는 사랑할 수 있었을까? 아쉬울 때도 있고, 어쩔 수 없었다고 생각될 때도 있다. 어느 쪽이든 이제 그는 없다. 그가 준 레드브레스트도 없다. 다시는 레드브레스트를 마시고 싶지 않다.

춤바람 고백기

– 추억의 제이제이

고백한다. 나는 한때 춤바람이 났었다.

때는 바야흐로 1995년 겨울, 나는 서른 넘어 대학원에 재학 중이었다. 대학원 동기들이 나보다 네댓 살은 어렸다. 그거야 무슨 상관이랴. 다만 80년대에 대학을 다닌 나와 90년대에 대학을 다닌 동기들은 뭐가 달라도 달랐다. 그들은 경쾌했고, 가벼웠다. 바야흐로 록카페가 신촌과 홍내 잎에 우후죽순으로 생길 때였다. 문창과 학생 중에도 새로운 시대를 재빨리 받아들여 그런 데를 드나드는 친구

219

들이 있었다. 나는… 한편으로 그 가벼움이 한심했고, 더 솔직하게 말하자면… 부러웠다.

대학에 다니는 동안 나는 미팅 한번 해보지 않았다. 나이트클럽 같은 델 가면 큰일 나는 줄 알았다. 사람은 가볍게 살아도 되는 것이다. 독재 타도를 외치지 않고도, 인텔리임을 부끄러워하지 않고도 말이다. 누가 강요한 것도 아니건만 최루탄 연기 속에서 살아온 청춘이 조금은 억울하기도 했다. 그래서 결심했다! 클럽에 가보기로.

여기저기 알아보니 그 무렵 가장 핫한 곳은 하얏트호텔의 제이제이라고 했다. 호텔이라니. 나는 침을 꼴깍 삼켰다. 호텔 근처에도 물론 가본 적이 없었다. 까짓것! 안 해본 것도 해보는 거지 뭐. 인생 별건가. 자주 어울리던 친구들과 나는 학교 부근에서 소주를 마셨다. 택시 타고 하얏트! 외칠 용기를 내기까지 각 두 병씩의 소주가 필요했다. 마침내 취기가 무모한 용기를 불러 하얏트 입성에 성공했다.

화려한 호텔 로비에 들어선 순간 이미 술이 깨기 시작했다. 묻고 물어 지하의 제이제이에 당도했을 때는 소주 두병이 허사가 되어 있었다. 우리는 어쩌다 모르는 이의 잔

칫집에 간 불청객처럼 쭈뼛쭈뼛 눈치를 살폈다. 제이제이의 손님 중 절반 이상은 외국인이었고, 그들의 몸짓은 음악이나 공기와 한 몸인 듯 자연스러웠다. 바는 꽉 찬 상태였고, 테이블은 절반 넘게 비어 있었다. 우리는 목각인형처럼 이상하게 삐걱거리는 몸짓으로 테이블에 착석했다. 그리고 시바스 12년을 시켰다(호텔의 위스키값은 살이 떨리게 비쌌다. 이런 젠장!). 어디서 주워들은 건 있어서 테이블을 차지했으니 마땅히 자릿값을 치러야 한다고 생각한 것이다. 촌뜨기도 이런 촌뜨기가 없다. 맥주만 마셨어도 되는 것을! 자리 잡을 필요도 없이 바에서 맥주만 시켜 들고 있어도 됐던 것을! 나름 클럽 좀 가봤다던 후배 하나도 새초롬히 앉아 있었던 걸 보면 지도 몰랐던 게 분명하다.

아무튼 거금을 들여 호텔 위스키를 먹은 그날, 둘은 무대에 나가 춤을 췄고, 둘은 자리에 앉아 애타게 비싼 위스키만 들이켰다. 나는… 후자였다. 무대 체질의 둘이 수시로 돌아와 나를 끌어내려 했으나 도무지 용기가 나지 않았다.

"소금만 기다려."

술에 취하면 무대로 나갈 수 있겠거니 했다. 그러나 마실수록 정신이 말갛게 밝아졌다. 1차 도전 실패!

일주일 뒤 또 갔다. 또 실패했다. 세 번째 갈 때는 학교 앞에서 소주를 더 마시고 갔다. 또 깼다. 맨정신으로는 도무지 무대에 오를 수가 없었다. 부끄러움 때문이라고 생각했다, 그때는. 몇 번이나 도전했는지는 잊었다. 그 겨울 열 번 남짓 갔지 싶다.

어느 날, 학교 앞에서 만취했다. 호텔에 당도한 기억이 나지 않는다. 문득 정신이 들었는데 나는 현란한 조명 아래 서 있었다. 왼쪽 팔은 어깨높이로 올라온 상태였다. 그러니까 나는 필름이 끊긴 상태에서 춤이란 걸 추었던 것이다. 순간 누군가 나를 향해 리모컨 정지 버튼이라도 누른 듯 얼어붙었다. 맨 처음 든 생각은 이러했다.

이 팔을 어떻게 해야 하지?

뇌의 지령도 받지 않은 채 제멋대로 움직인 팔이 내 것 같지 않았다. 내 것이 아닌 듯한 팔을 매우 어색하게 천천히 내렸다. 누가 볼 새라 사방을 살피면서. 물론 그 누구도 나를 주목하지 않았다. 그저 팔을 내렸을 뿐인데 현란한 싸이키 조명 때문에 동작이 시시각각 분절되어 마치 춤을 추는 듯했다. 그 움직임조차 어색했다.

무대에서 내려가야 하나 어쩌나 고민하던 그때 한 여자가 눈에 띄었다. 이십 대 초반쯤 되어 보이는 그녀는 하얀 민소매 원피스를 입고(앞서 말했지만 겨울이었다. 그것도 한겨울!) 저만치 전신거울에 한 손을 짚은 채 거울을 응시하면서 웨이브를 했다. 내 몸으로는 불가능할 것 같은 멋진 웨이브였다. 그러나 그녀의 마음에는 들지 않은 모양이었다. 그녀는 몇 번이고 반복해서 웨이브를 시도했다. 자기 몸의 움직임을 그토록 냉정하게, 아무렇지 않게 지켜볼 수 있는 그녀를 관찰하면서 나는 깨달았다. 나는 춤을 출 수 없다는 것을.

나의 자의식은 몸을 100퍼센트 완벽하게 통제하고 싶어 한다. 그러나 별로 쓰여본 바 없는 나의 몸은 번번이 자의식의 시도를 배신한다. 제 뜻대로 움직여주지 않는 몸을, 나의 자의식은 부끄럽게 여긴다. 해서 나는 몸을, 노동이 아니고는 쓰지 못하는 것이다. 나의 자의식은 어쩌자고 괴물처럼 서 혼자 기미린 것일까?

나의 춤바람은 그날로 막을 내렸다. 하얏트호텔에서 마

신 시바스는 내 평생 사 먹은 시바스 중 가장 비싸고 맛없었다. 하기야 취하기로 작정하고, 그러니까 자의식을 잠재워 몸이 홀로 움직이게 할 목적으로 작정하고 마시는 술이 무슨 맛이 있겠는가. 그 뒤로 나는 목적을 갖고 술을 마시지 않았으며, 춤을 춰보기로 작정하지도 않았다.

간혹 흥 많은 친구가 집에 방문하면 적당히 취해 춤을 추기도 한다. 무대 아닌 무대로 나를 끌어낼 때도 있다. 그럴 때, 숨어 있던 한 톨의 흥이란 게 솟구칠 때면 나는, 뛴다. 흥을 주체할 줄 모르는 어린아이처럼 방방. 뭐 안 뛰는 것보다야 낫지만 나는 슬프다. 나는 춤을 사랑하는 사람이다. 지디(G-DRAGON)의 모든 몸짓은 춤이다, 예술이다. 박재범의 춤도, 비의 춤도, 태민이나 방탄의 춤도, 일삼아 본다. 나에게는 불허된 자유로운 몸짓의 세계! 나의 자의식은 왜 이따위일까? 젠장, 자의식 따위, 개나 주라지!

오래 있었습네다

2005년 여름, 북한을 방문했다. 남북작가대회의 일원으로.
남북의 문인들이 마지막으로 만난 것은 1945년 12월 13일
이었다. 꼭 60년 만의 만남, 다시 말해 남과 북은 같은 민
족임에도 불구하고 지난 60년 동안 전혀 다른 삶을 살아온
것이다. 금기의 땅을 합법적으로 넘어갈 수 있었던 것은
경이로웠고, 우리나라 70년대 초의 풍경을 옮겨놓은 듯한
평양의 거리는 징겁지만 허잡했고, 거기서 만나, 우리와
같은 말을 쓰는 같은 얼굴의 사람들은 감동적이었다. 같은

듯 다른 음식은 신선했다. 소박하고 슴슴한 옥류관 냉면은 (요즘은 양념장을 써서 맛이 변했다는 말도 있지만) 생각만 해도 침이 고인다. 아, 그때 소주를 마셨어야 했는데… 차마 소주 마셔도 되냐는 말이 나오지 않아 냉면만 먹었다. 평냉에는 소주인데. 옥류관 김치도 그립다. 물김치라기엔 물이 적고 김치라기엔 물이 많은, 고춧가루는 시늉으로만 뿌린, 그런데 기이할 정도로 시원하고 담백했던 그 김치를 남한 어디에서도 다시 만나지는 못했다.

감동적이고 서글픈 일도 있었다. 도착한 이틀째인가, 남북작가들이 모두 참석한 만찬이 열렸다. 테이블마다 남한 작가 두 명, 북한 작가 두 명, 북한 보위부 직원 한 명, 안기부 직원 한 명이 앉았다. 내 옆에 앉은 이는 나도 읽은 바 있는 『청춘송가』의 작가 남대현이었다. 나는 그 책을 대학 3학년 때, 복제판으로 읽었다. 다른 북한 소설과 달리 이데올로기가 전면에 드러나지 않은, 청춘들의 사랑을 다룬 소설이었다. 북한에서도 이런 소설이 가능하구나, 북한이든 어디든 결국 사람 사는 데는 다 똑같구나, 고개를 주억거렸던 기억이 난다.

나는 남대현 작가의 나이가 꽤 많은 줄 알았다. 그런데 뜻밖에 매우 젊었다. 젊은 날부터 문재를 날린 모양이었다. 게다가 큰 키에 미남형의 남자였다. 가슴이 설렐 정도의. 그가 불쑥 말했다.

"김** 선생님께서 정지아 씨에게 안부 전하랍니다."

남대현 작가의 말을 단박에 알아듣지 못했다. 북한에 내게 안부를 전할 사람이 누가 있단 말인가. 내 표정이 얼떠 보였는지 그가 빙긋 웃으며 덧붙였다.

"김 선생이래 북송되고 내가 전기를 썼수다."

북송이란 말에 그제야 감이 왔다. 김** 선생! 아빠와 친했던, 부르주아 인텔리 출신의 비전향장기수 아저씨.『아버지의 해방일지』에서 노동이 무서워…라는 한마디로 독자들에게 강렬한 인상을 남긴 인물의 모델이었다. 내가 북한을 간다고 하자 아빠는 꼭 그분의 소식을 알아 오라고 신신당부했다. 하지만 누구에게 물어야 할지 난감해서 입도 못 떼던 차였다.

김 선생은 나와도 인연이 있다『아버지의 해방일지』에도 나온다. 그는 북송되기 직전 구태여 내가 사는 원룸으로 찾아왔다. 내 아버지가 자수한 변절자가 아니라 조직을 재건하기 위해 위장 자수했다는 사실을 떠나기 전, 꼭 알려주기 위해. 아버지가 동지들을 팔아먹거나 죽음으로 몰고 가지 않은 한 변절자든 아니든 별 관심이 없던 나는 그런 그가 이상하기만 했다. 자본주의 남한에서 변절 따위가 뭐라고, 그것도 누가 들을세라 집에까지 찾아온단 말인가. 나는 그를 집 앞까지 나가 배웅했고, 그는 멋들어진 버버리코트 자락을 휘날리며 사라졌다. 중간 키지만 비율이 매우 좋아 시니어 모델이라고 해도 믿을 듯한 그의 발걸음은 나이답지 않게 나는 듯 경쾌했다. 그때 나는 생각했다. 저이는 목숨을 걸고 꿈꾸었던 천국으로 떠나는구나. 그런데 거기는 정말 천국일까? 노동이 무서운 인텔리가 과연 북한에서 살아남을 수 있을까? 안부를 전해달라 했다는 걸 보니 살아남긴 한 모양이었다.

"잘 계신가요, 김 선생님…"

남대현 작가가 웃으며 고개를 끄덕였다. 남한 출신이라 이북에 일가친척 하나 없는 김 선생이 어떻게 뭘 하며 지내시는지 묻고 싶었지만 묻지 못했다. 보위부와 안기부 직원들이 우리를 주시하고 있었다. 긴 침묵이 이어진 끝에 용기 내어 물었다.

"잠깐이라도 뵐 수 없나요?"

남 작가는 대답하지 않았다. 우리를 주시하고 있는 보위부 직원도 안기부 직원도 가타부타 말이 없었다. 안 된다는 말보다 더 차가운, 더 무서운 거절이었다. 남 작가는 더이상의 구체적인 말은 해주지 않았고, 우리는 들쭉술을 몇잔 천천히 들이켰다.

만찬이 파하는 시간, 여기저기서 인사가 오갔다. 혼잡한 틈에 남 작가가 악수를 청했다.

"아버님께 꼭 잘 지낸다고 전해달라, 신신당부하셨습네다."

아빠가 잘 지내는지는 묻지 않았다. 잘 지낸다고 전해달라는 말을, 남 작가는 굳이 다시 했다. 그 의미를 오래 생각했다. 내 아빠는 김 선생이 북으로 가겠다는 말을 전하러 구례에 왔을 때, 북에 처자식이 있는 것도 아니고 남한 출신이니 남아 젊은이들에게 동경대학에서 배운 그 대단한 지식을 전하든가, 통일의 중요성을 가르치든가, 뭐라도 역사에 도움이 되는 일을 해야지 북에 가서 그렇지 않아도 굶주리는 가난한 인민들 등치며 살 거냐, 쓴소리를 했었다. 잘 지낸다는 말은 인민들 등치며 살지 않고 노동하며 사회주의자답게 산다는 말일까? 그런 걱정했었던 친구가 여전히 걱정하고 있을까 봐 잘 지낸다 강조해서 전해달라 한 것일까? 김 선생이, 남 작가가 어떤 마음으로 두 번이나 힘주어 잘 지낸다 한 것인지 그 의미를 알 수는 없다. 어쩐지 나는 그 말이 역설적으로 들렸다. 내가 본 북한은 너무나 가난했고, 통제가 심했으며, 이성적으로는 사회주의자지만 노동이 무서운 부르주아 인텔리 김 선생이 그런 세상에서 잘 지내고 있을 것 같지 않았다. 선생은 아직 살아있을까? 절친한 친구였던 내 아빠의 죽음을 알기는 할까? 어쩌면 아빠보다 더 빨리 갔을까?

친한 친구끼리 안부조차 전할 수 없는 것, 이것이 분단의 비극이다. 남 작가와 악수를 끝내고 손을 빼내며 나는 쓸쓸했다.

김 선생의 안부를 전해 들은 아빠는 아무것도 묻지 않았다. 건강은 괜찮다드냐, 어디에 산다드냐, 만나라도 보지 그랬냐, 어떤 말도 덧붙이지 않았다. 늘 그렇듯 표정 없는 얼굴로 베란다에 나가 담배를 한 개비 피웠을 뿐이다. 젊은 날 그들이 함께 뛰어다녔던 지리산을 바라보며. 그것이 그들의 시대, 그들이 고통을, 서글픔을 견디는 방식인 모양이었다.

북한에서 쓸쓸하기만 했던 것은 아니다. 북에서의 긴 여정이 끝나갈 무렵, 묘향산에 갔다. 임꺽정이 왜 묘향산으로 숨어들었는지 단박에 이해가 갔다. 설악산보다 더 뾰족한 기암괴석이 첩첩이 들어서, 거기 안개라도 끼는 날이면 신선을 만나러 가야 할 듯했다.

묘향산에서의 밤, 어찌어찌해서 보위부 직원 둘과 나를 포함한 남한 작가 둘이 호텔 바에서 술을 마셨다. 작가치고 형편이 괜찮은 선배 작가가 위스키를 샀다. 일정 내내 보위부 직원들과 함께했지만 인간 대 인간으로 술상 앞에 마주한 건 처음이었다.

"마시자우!"

위스키잔을 부딪친 그들은 거침없이 한 모금에 들이켰다. 나는 술을 좋아하지만 잘 마시는 건 아니다. 찔끔찔끔 오래 마신다. 해서 내 취향대로 한 모금만 마시고 잔을 내려놓았다.

"에미나이. 다 마시라우! 와 술을 남기네?"

조금 전 여럿과 함께한 자리에서 조금 친해진 보위부 고위 간부 아저씨가 내게 호통을 쳤다. 찔끔 놀라서 남은 술을 한 모금에 털어 넣었다. 내 옆에 앉은 사람은 둘 중 서열이 낮은 쪽이었고, 나와 연배가 비슷했다. 완샷하는 나를 보며 그가 말을 건넸다.

"남한 녀성이라 역시 다릅네다."

"남한 여성을 아세요?"

"오래 있었습네다. 한 칠 년 있었나?"

알고 보니 그는 남파 간첩이었다. 어쩌면 그와 나는 서울에서 스쳐 지났을지도 몰랐다.

"**은 아직 영업 중입니까?"

남파 간첩이라 표준말도 척척 구사하는 그가 아직 영업 중이냐 물은 곳은 나도 자주 가는 인사동의 한 카페였다. 아직 영업 중이며 장사가 잘된다 전해주었다.

"거기 사장 녀성이 꽤 미인이라 자주 갔었소. 커피 맛도 좋았고."

북이나 남이나 예쁜 여자 좋아하는 건 조금도 다르지 않았다. 하기야 아프리카 사람이라고 다를까. 남파 간첩이었다는 말 때문에 한순간 밀려들었던 긴장이 이내 풀렸다. 남자인 남한 선배 작가는 호형호제를 하며 보위부 직원들과 술 경쟁을 벌이기 시작했다. 술로 지고는 못 사는 게 남북 할 것 없이 우리 민족의 특성인가 보았다. 나도 별수 없이 완샷을 계속했다. 당연히 금세 취했다. 알딸딸한 눈에 고위 간부 아저씨의 모습이 꼭 우리 아빠 같았다. 비쩍 마른 얼굴이며 툭 튀어나온 광대뼈나 입술까지, 결연한 의지가 느껴지는 단단한 눈빛도 똑같았다. 옆에 총 한 자루만 세워놓으면 결전을 앞둔 혁명가 같았다. 어쩐지 그가 친한 친척처럼 느껴졌다.

머지않아 위스키가 바닥이 났다. 선배가 한 병을 더 시키려고 종업원을 부르자 고위 간부 아저씨가 턱 하니 막아섰다.

"꼬나 기저오라우!"

종업원이 사라지자 그가 선배를 보고 호기롭게 외쳤다.

"내가 쏜다!"

가난을 절대 들키지 않겠다는 결연한 의지가 담긴 선언 앞에서 부자인 남한의, 꽤 사는 선배도 토를 달지 못했다. 꼬냑이 반쯤 비었을 무렵, 고위 간부 아저씨가 남파 간첩을 보며 외쳤다. 이상도 하지. 술 마시면 시끄러운 것도 남과 북이 똑같았다.

"한 곡 뽑으라우!"

남파 간첩이 벌떡 일어났다. 그러고는 벨트를 척 하니 풀렀다. 그는 벨트 한쪽을 발에 걸고 노 젓는 시늉을 하며 노래를 부르기 시작했다.

"두마안강 푸른 물에 노 젓는 배앳사공."

술 마시고 노래하는 자리를 죽을 만큼 싫어하는 나였지만 그때는 이상하게 뿌듯했다. 헤어진 지 60년이 지나도 우리는 똑같구나. 술 마시면 노래를 빠트릴 수 없고, 윗놈은 아랫놈 맘대로 부려 먹고, 지기 싫어 없는 살림에도 가오 잡느라 돈 쓰고, 얼마나 떨어져 있었든 우리는 한 민족이었다. 다시 볼 일 없는 그들이 참으로 정겨운 밤이었다. 거기까지가 내 기억의 전부다.

뼈를 에는 듯한 한기에 눈을 떴다. 검은 하늘에 총총히 박힌 별이 보였다. 또렷한 젖빛 은하수가 하늘을 가로지르고 있었다. 응? 벌떡 몸을 일으켰다. 세찬 물소리에 귀가 아팠다. 남한에서는 쉬 보기 힘든 넓은 계곡이었다. 나는 그 계곡의 널찍한 바위 위에 앉아 있는 중이었다. 그러니까 좀 전까지 대짜로 뻗어 잠들어 있었던 것이다. 그러니까 나는, 필름이 끊겼던 것이다. 북한 땅에서!

여름인데도 한기가 느껴지는 계곡가 바위 위에서 소름이 쫙 돋았다. 나 살아서 갈 수는 있는 걸까? 북한에서의 여정 내내 북한 측이 정한 곳 외에는 단독 행동을 할 수 없었다. 단독 행동을 했다가 큰일 날 거라고, 남측 관계자가 몇 번이나 주의를 준 바 있었다. 나는 지금 단독 행동을 한 것이고, 여기가 어딘지도 모르겠고… 소름이 돋지 않을 수가.

주변을 둘러보았다. 다행히 멀지 않은 곳에 어제 들어간 호텔의 불빛이 보였다. 사람의 그림자는커녕 호텔 외에는 불빛 하나 보이지 않았다. 보위부원들이 늘 호텔 앞을 지기고 감시를 했었는데 웬일일까? 지금 생각하면 너무 첩첩산중이라 북한 사람과 접촉할 일이 없어서였을 것 같다.

그때는 그런 생각도 하지 못한 채 상황을 깨닫자마자 호텔을 향해 달리기 시작했다. 멀지는 않았다. 200~300미터쯤. 숨이 턱에 닿을 즈음 호텔에 당도했다. 호텔은 지키는 사람 하나 없이 깊은 어둠에 잠겨 있었다. 아마 남한 작가들이 묵고 있을 방 몇 개의 불빛만 희미하게 빛났다. 취침등인 듯했다. 맥이 탁 풀렸다. 술을 마시다 취하고 필름이 끊기고 술과 낭만에 취해 비틀거리며 산길을 걷고, 은하수를 보다 누워 잠들고, 뭐! 사람이 그럴 수도 있는 거지! 그리고 그럴 수 있었다. 그 금단의 땅 북한에서도.

북한을 생각하면 묘향산 어느 계곡에서 눈 뜨던 순간이 가장 먼저 떠오른다. 어릴 때 보았던 그대로의 은하수, 별이 총총한 밤하늘, 그 신비로운 광경이. 그리고 북한이라는 것을 깨닫자 신비고 아름다움이고 나발이고, 싸하게 밀려들던 공포가. 공포가 무색하게 무탈하게 지나간 그 긴 밤이. 남파 간첩 아저씨의 눈물 젖은 두만강이, 우리 아빠와 똑 닮았던 고위 간부 아저씨가. 남이 산 위스키와 북이 산 꼬냑이. 그런 날을 살아 다시 만날 수 있을까?

술이 소화제라

오래전, 어여쁜 아이를 만났다. 이십 대 후반이었던 아이
는 이과 출신이었다. 그런데도 소설을 쓰고 싶어 했다. 맘
대로 써보라 했더니 어느 날 한 편의 소설을 가져왔다. 소
설을 읽으며 웃고 울었다. 이 녀석, 물건인데?

　녀석의 언니는 보험회사 직원이었다. 실적을 올릴 욕심
으로 언니는 가족 모두의 명의로 웬만한 보험은 다 들어두
었다. 보험을 들고 얼마 되지 않아서 불행히도 엄마가 암
에 걸렸다. 엄마가 암 진단을 받고 항암 치료를 거듭하자

자꾸 목돈이 생겼다. 엄마는 죽어가는데 집에는 명품이 늘어나는, 슬프고도 웃기는 소설이었다(이 소재, 갖다 쓰겠다는 꿈도 꾸지 마시라. 나도 안 쓴다. 이건 언젠가 녀석이 소설로든 영화로든 토해내야만 하는 녀석의 이야기니까. 게다가 이런 이야기를 웃프게 쓰는 건 녀석만의 재주고 능력이다. 가져다 써봤자 아무나 안 된다).

그때부터 너는 쓰면 된다고 근 10년을 다독였는데 녀석은 결국 문학의 세계를 떠나 영화판으로 갔다. 서운하지는 않았다. 영화든 소설이든 자신의 이야기를, 누군가에는 위로가 될 그 이야기를 보여주면 되니까. 그런데 녀석은 아름답고 슬픈 제 이야기를 영화로도 찍지 않는다. 드러내기에는 아직도 너무 아픈 것일 테지 짐작은 한다.

소설은 안 쓰지만 그래도 녀석은 가끔 우리 집에 놀러 온다. 우리 호랑이 새끼를 입양해간 적도 있다. 얼굴은 맬러뮤트인데 몸통은 주인집 똥개 뽀식이를 닮은, 다리가 짧아 오줌을 쌀 때마다 제 다리에 묻힐 수밖에 없던 못난이였다. 대가리와 몸통이 똑같은 이등신 못난이를 녀석은 너무 예쁘다며 정성 들여 키웠다.

녀석은 나와 달리 술을 즐기지 않는다. 술이 몸에 맞지도 않거니와 술이 싫단다. 술을 너무 좋아했던 할머니 때문에. 녀석의 할머니는 술꾼이었다. 너무 통쾌했다. 그 연배의 여성도 술꾼일 수 있다는 걸 처음 알았던 것이다. 그렇지. 옛날이라고 모든 여자가 술을 싫어했을 리는 없지. 녀석의 할머니는 제삿날을 제일 좋아했다. 왜? 안주가 많으니까. 우와! 이 할머니 짱이지 않아?

녀석이 고향을 찾을 때면 할머니는 십중팔구 동네 초입 구멍가게 평상에서 소주를 마시고 있었다. 때로는 두주불사(斗酒不辭)로 취해 널브러져 있기도 했다. 어느 날, 녀석은 창피하기도 하고 짜증이 나기도 해서 물었다.

"할머니는 도대체 왜 이렇게 술을 마셔?"

우리의 위대한 할머니는 이렇게 대답했다.

"술이 소화제라."

그 한마디가 내 영감을 건드렸다. 해서 어느 소설에 써먹었다. 차마 그대로 쓸 수는 없어서 술이 약이라,라고 썼는데, 그 어감이 소화제와 너무 달랐다. 술이 소화제라. 할머니의 이 말은 아직도 내 영감을 건드린다. 그래도 어쩌랴. 그대로는 절대 쓰지 않을 예정이다. 아직은 아니지만 언젠간 녀석의 영감을 건드릴지도 모르니까. 이 한 문장은 할머니가 녀석에게 남긴 위대한 유산이다. 녀석이 빨리 깨닫기를.

할머니의 마음에는 무엇이 얹혀 있었던 것일까? 소화제인 술이 늘 필요했을 만큼 무언가가 얹혀 있긴 했을 것이다. 내가 그렇게 말했더니 녀석이 시니컬하게 받아쳤다.

"있긴 뭐가 있어! 술꾼이 술 마시고 싶으니까 지어낸 말이겠지."

내심 뜨끔했다. 뭐 그럴지도. 나도 노상 술을 마시기 위해 핑계를 댄다. 바람이 좋다, 비가 술을 부른다, 저 찬란한 태양이 술을 마시라 하네, 눈발이 휘날리는데 어찌 맨정신일 수 있으랴 등등.

그래서 나는 녀석을 상대로 할머니 탐구에 들어갔다. 할아버지는 언제 돌아가셨는지, 재산은 어느 정도였는지, 홀로 자식들 키우느라 힘드시지는 않았는지… 젠장. 다 아니었다. 먹고살 만은 했으며 남편을 일찍 잃은 것도 아니었다. 명절이나 제사라고 할머니가 고된 노동에 시달린 것도 아니었다. 명절이든 제삿날이든 일은 모두 며느리, 그러니까 녀석의 어머니 몫이었다. 그래서 할머니를 언급하는 녀석의 태도가 시니컬했던 것이다. 어머니에게 할머니는 고된 시집살이시키는 시어머니일 뿐이었고, 녀석은 전적으로 어머니 편이었다.

아쉬운 마음에 마지막으로 물었다.

"할머니가 흥이 많으셨을까? 노래를 좋아했다든가…"

녀석도 할머니를 잘 알지는 못했다. 하여 술이 소화제라는, 그 시대의 여성으로는 드문 술꾼인 할머니의 정신 분석은 중도에서 끝났다. 하지만 뭐 몰라도 괜찮다. 여성들이 숨죽이고 살던 시절에도 호방하게 술을 마시고 동네 사람 다 보는 가게 평상에서 꿀잠을 자는 여성이 존재하긴 했으니까. 가족들은 창피했겠지만 뭐 어때? 할머니가 술 때문에 자식들 밥을 안 해준 것도 아니고, 뒷바라지 안 해준 것도 아니고, 할 일 다 하면서 야금야금 좀 마시겠다는데?

나는 아직도 할머니 편이다. 술이 소화제라는 말은 아무나 할 수 있는 말이 아니기 때문이다. 아무리 술꾼이라도, 알코올중독이라도, 나처럼 날씨라든가 실연이라든가 이따위 평계를 댈 수 있을 뿐이다. 술이 소화제라는 명언은 정말 술 덕분에 얹혀 있는 무엇인가를 쑥 내려본 경험이 있는 자만이 할 수 있다. 할머니의 마음에 얹혀 있던 게 무엇인지 영원히 알 길은 없다. 이 세상 사람이 아니니까. 할머니가 자신의 제사상이나 받으러 와서 겨우 술을 마시겠구나 싶으면 안타깝다. 나라도 소주 한잔 올리고 싶은 심정이다.

이런 말을 듣고 나서 녀석은 잠시 침묵했다가 별로 좋아하지 않는 위스키를 한 잔 쑥 마시고는 캬, 고혹적인 소리를 냈다.

"그러게. 나는 맨날 엄마 고생시키니까 그냥 할머니가 밉기만 했지 뭐."

우리는 이렇게나 모른다. 유전인자를 남겨준, 어쩌면 예술가의 자유로운 영혼을 물려주었을지 모를 할머니를 녀석도 이렇게나 모른다. 하지만 나는 알고 있다. 녀석이 왜 무조건 엄마 편이었는지를. 왜 할머니를 미워했는지를. 녀석은 엄마 가실 때까지 저 혼자 머리를 감아본 적이 없다. 다 커서 대학 다니는 딸 머리를 엄마는 손수 감겨주었다.

녀석은 신발도 제가 신어본 적이 없다. 엄마가 신겨주었다. 그런 엄마였다. 그런 엄마를 잃고 녀석은 아직도 어린 새처럼 차가운 세상을 방황 중이다. 영혼이라는 게 있든 없든 엄마가 가장 바라는 것은 녀석의 안온과 행복이라는 것을 녀석이 빨리 깨달았으면 좋겠다. 그때쯤이면 녀석 닮아 유쾌하고 상쾌한 소설이든 영화든 볼 수 있지 않을까?

4부

관계는 폐쇄적으로,
위스키는 공격적으로!

얼마 전, 엄마가 뜬금없이 물었다.

"신 교수님은 아적 살아계시제? 아프신 디 읎다냐?"

신 교수님은 나의 대학 은사님이다. 앞서 쓴 적 있는 오사카와 블라디 여행을 함께한 그분 말이다.

"신 교수님, 기억해?"

올해 아흔여덟, 아니 새로운 법 덕분에 아흔일곱이 된 엄마는 점점 더 많은 것을 잊어버린다. 기억이 무거워 벗어나지 못하는 양. 모든 기억을 홀홀 벗어던져야 가벼이 떠날 수 있는 양.

"하모! 그 양반이 너헌티 워치케 했는디. 고걸 잊어불면 사램이 아니제."

오늘의 이야기는 '그 양반이 나헌티 워치케 헌' 이야기다.

대학 3학년 봄이었다. 왜 그런지 모르지만 나는 지난 시절을 잘 기억하지 못한다. 대부분 까맣게 잊고 몇몇 장면만 사진처럼 선명하게 기억할 뿐이다. 이날은 보통 사람보다 더 또렷이, 공기의 흐름까지 기억하는 몇 안 되는 장면 중 하나다.

3월 첫 주였다. 날짜는 기억나지 않는다. 다만 1차 등록금 납부 기간은 지났고 2차 납부 기한은 좀 남아 있던 때로 기억한다. 얼마 전까지 나는 대학신문 기자였다. 전두환 정권이 기자들 월급을 대폭 올려주며 언론을 회유하던 시절이라 그랬는지 아무것도 아닌 대학신문 기자들도 대우가 여간 좋지 않았다. 일단 등록금이 공짜였다. 원고료 수입도 짭짤했다. 덕분에 가난뱅이였지만 곤궁하지 않게 대학 2년을 보냈다.

3학년 개강을 앞두고 동기 하나가 작은 실수를 했다. 학보사에서는 작은 실수조차 허용되지 않는다. 인쇄가 되고 나면 실수를 바로잡을 수 없으니까. 대개 실수를 돌이킬 수 없는 영역, 그러니까 신문이랄지, 연극이랄지, 이런 곳은 군기가 세다. 실수를 아예 하지 말아야 하기 때문이다.

아무튼 실수는 발생했고, 선배들은 기자들을 줄 세워놓고 연대책임을 물었다. 연대책임이야… 질 수 있지. 문제는 책임을 몸으로 져야 한다는 것이었다. 줄빠따를 때린다나 뭐라나. 군대에서 시작했음이 분명한 그따위 문화를, 군사독재정권하에서 나까지 받아들이고 싶지 않아서 호기롭게 대들었다. 결론은 절이 싫으면 중이 떠나라는 것이었다. 호기롭게! 떠났다.

당장 등록금이 문제였다. 부모님은 이번에도 면제인 줄 알고 있었다. 혹시나 싶어 과사무실을 기웃거렸다. 누가 봐도 가난해 보이는 선후배들로 이미 발 디딜 틈이 없었다. 여담이지만 하루는 동기 어머니가 학교로 딸을 찾아왔다. 그 시절 참으로 귀하던 자가용을 타고. 학교 아래 논밭에 들어선, 학생들의 가벼운 주머니를 노리는 밥집으로 향하던 그 어머니는 딸과 반갑게 인사하는 친구를 봤다. 그리고 딸에게 물었다.

"쟤는 대학생 아니지?"

그렇다. 그 시절, 문학을 하겠다는 우리들의 몰골은 대학생이라기보다는 공돌이, 공순이(그 시절 노동자를 비하하여 부르던 말)에 가까웠다. 그만큼 가난했다. 제때 등록금 척척 내는 학생이 귀했을 만큼. 게다가 국가도 개인만큼 가난하여 장학금 제도 따위도 변변치 않았다. 우리 과 한 학년이 마흔여섯 명이었는데 국가의 지원이란 한 명에게 졸업 이후 갚아도 되는 장기 대출권, 세 명에게 다음 학기에 갚아야 하는 단기 대출권을 주는 게 전부였다. 그러니까 과사무실을 가득 메운 나의 선후배들은 몇 장 안 되는 대출권을 받기 위하여 앞다투어 모여든 참이었다. 그들을 보며 나는 생각했다. 음, 내 아빠는 빚내기의 귀재지. 그래서 가뿐히 포기하고 돌아섰다. 아빠에게 학보사를 그만뒀노라 말하면 어떻게든 등록금은 해결해줄 터였다. 그래도 마음은 무거웠다. 농사에 서툰 아빠가 올해 밤농사를 지어 등록금의 반이나마 이익을 남길 확률은 0에 가까웠으니까. 그 빚은 고스란히 늙은 부모의 어깨를 짓누를 테니까.

이자도 엄청 비싼 시절이었다. 정부에서 주는 대출권은 그나마 이자가 쌌던가 공짜던가 그랬다.

발걸음 무겁게 터덜터덜 복도를 걷는 중이었다. 저만치서 신 교수님이 걸어오고 있었다. 교수님은 키가 작다. 작지만 단단한 공 같은 교수님이 가까워 올수록 공기의 밀도가 높아지는 듯했다.

"등록금 냈냐?"

"내야죠."

걸음을 멈추고 나를 빤히 바라보던 교수님이 다시 걸음을 재촉하며 한마디 툭 던졌다.

"오후에 과사에 들러봐라."

무슨 일인가 싶었으나 작은 체구와 달리 걸음은 무지 빠른 교수님께서는 이미 저만치 멀어지는 중이었다.

그날 오후, 과사에 들렀다. 이승하 선배였는지 남진우 선배였는지, 아무튼 이미 등단한 시인인데다 문창과에서 참으로 보기 드문 탁월한 비주얼로 여학생들의 선망의 대상이었던 두 선배 중 한 사람이 조교였는데, 나를 보더니 뭔가를 건네주었다. 아, 그것은 선후배들이 그토록 갖고 싶어 하던 대출권이었다. 그것도 장기 대출권! 나는 차마 받지 못하고 망설였다. 이것 하나를 받지 못해 어깨 축 늘어진 채 걸어가던 선후배들의 모습이 아른거렸기 때문이다. 눈치도 귀신같이 빠르지. 그래서 일찍 시인이 되었나?

"이거, 과에 할당된 거 아니야. 신 교수가 학생과에 가서 싸움싸움해서 따로 한 장 빼 오신 거야."

그러니 부담 갖지 말고 받으라는 의미인 듯했다. 그렇다고 부담이 되지 않는 건 아니었으나 그냥 받았다. 때로 가난은 사람을 이렇듯 염치없게 만들기도 한다. 염치를 버린 덕분에 부모님 어깨의 짐을 조금 덜어드렸다.

그해 여름방학이 끝날 무렵이었다. 안성으로 돌아가는 날, 아버지가 창고 깊숙이 숨겨놓았던 뱀술 한 병을 꺼냈다. 아버지는 박스를 자르고 오려 정성스레 싸고 다시 보자기로 묶었다.

"이놈 신 교수님 갖다드레라."

한 학기 등록금 대출을 가능하게 해준 교수에게 드릴 선물이라는 게 그 정도였다. 버스도 다니지 않던 산골 마을에서는. 뱀술을 들고 걷고 버스 타고 기차 타고 안성까지 갈 생각을 하니 아득했다. 신 교수님이 뱀술을 마실지도 미지수였다. 단아하고 깔끔한 성품이라 받지 않을 것 같기도 했다.

"귀한 놈이다. 능사여."

실은 아빠도 뱀술을 마시지 않았다. 아빠가 몇 해 동안 뱀이 보이는 족족 잡아 술을 담근 건 엄마를 위해서였다. 엄마는 오래 신경통을 앓아 밤마다 끙끙 앓았고, 병원에 가기는커녕 먹고 죽을 돈도 없었고, 누군가 신경통에는 뱀술이 최고라고 믿거나 말거나 민간요법을 알려주었던 것이다. 내 자식 앞날 도와준 교수에게 뭐라도 주고 싶은 아빠의 마음을 차마 외면할 수 없어 나는 뱀술을 들고 신 교수님을 찾아갔다. 교수님은 책상에 앉은 채 내가 책상 위에 내려놓는 보자기를 바라보며 물었다.

"뭐여?"

"뱀술이요."

기어들어가는 목소리로 선물의 정체를 알리고는 뒤도 돌아보기 않고 줄행랑쳤다.

나중에 안 일이지만 신 교수님은 그 뱀술을 20년쯤 지나

정년퇴직하는 날, 집으로 들고 갔다. 지리산에서 온 뱀술이라고 여기저기 자랑을 한 통에 같이 마시자는 사람들이 줄을 섰지만 교수님은 끝내 그 술을 따지 않았다. 술병 안에 꼿꼿이 서 있는 뱀을 어찌해야 할지 도무지 엄두가 나지 않으셨단다. 결국 그 술은 교수님의 목 통증을 낫게 해준 신통방통한 추나요법 전문가의 손에 들어가 생을 마감했다.

두서없던 이십 대가 지나도록 나는 교수님께 연락 한번 하지 않았다. 교수님을 다시 만난 건 서른 넘어 진학한 대학원에서였다. 그곳에서 나는 처음으로 교수님과 술을 마셨다. 교수님은 두주불사, 젊디젊은 아이들이 나자빠져도 꼿꼿한 자세를 흩뜨리지 않았다. 대신 술에 취하면 교수님은 한 치의 불의도 용납하지 않는 투사로 변신했다. 술집에서 우연히 마주친, 필시 뭔가를 잘못했을 타과 교수에게 이단 옆차기를 날린 적도 있었다. 아쉽게 다리가 짧아 치명타는커녕 몸에 닿지도 못했지만. 나는 그런 교수님이 마음에 쏙 들었다.

나의 대학원 시절은 신 교수님과 위스키-나의 패스포

트와 함께 도도하게 흘러갔다. 우리는 점차 은밀하게 만났다. 단둘은 아니었으니 오해 마시길. 교수님과 나는 주사가 똑같았다. 평소 싫어한 사람의 심장에 치명적 비수를 꽂는 주사라고나 할까. 다음 날 술이 깨면 몇 사람씩 적으로 돌아서 있기 일쑤인 놀라운 주사였다. 평소 좋아한 사람들이 아니니 욕을 먹은들 대수는 아니었지만 굳이 욕을 먹을 필요는 없었다. 그래서 싫은 사람들을 피해 좋아하는 사람들 서너 명과 남몰래 허름한 술집에서 간첩 접선하듯 만나 술을 마셨다. 관계는 폐쇄적으로, 위스키는 공격적으로! 이게 그 시절, 나와 몇몇 친구들과 신 교수님의 단순하고 명료한 원칙이었다.

그사이 아빠는 당신이 할 수 있는 모든 것을 신 교수님에게 보냈다. 돈으로 환산하면 몇만 원도 되지 않을 감자며, 대봉이며, 밤이며, 양파며, 모두 아빠가, 노동과 결코 친하지 않은 아빠가 노동으로 만들어낸 것들이었다. 아빠도 알았던 것이다. 신 교수님은 단순한 교수가 아니라 내 인생의 스승이라는 것을. 내 영혼의 아버지라는 것을.

신 교수님은 38년생, 내 엄마와 띠동갑이다. 올해 여든

다섯, 아직 몸도 마음도 강건하시다. 그래도 나는 두렵다. 내 엄마처럼 아이가 되어갈까 봐. 신 교수님은 나의 든든한 산이었고, 반드시 뛰어넘고 싶은 드높은 산맥이었다. 영원히 그러하시기를. 70년대 탁월한 소설가였던 내 스승의 이름을 이제는 많은 사람이 잊었다.

그의 이름은 신상웅이다.

어느 여름날의 천국

문창과에 문창과스럽지 않은 여학생이 들어온 적이 있다. 일단 예쁘고(나는 누가 봐도 문창과라는 말을 노상 들었다. 슬프다!), 할머니가 물려준 까르띠에 백이 있는 정도로 부유하고, 그에 걸맞게 발랄하다는(문창과스러우려면 남다른 상처를 훈장처럼 드러낸 채 날이 서 있거나 우울하거나 뭐 그래야 할 것 같은 느낌적인 느낌이랄까) 의미다.

밀덜한 친구들은 내제도 눈치가 없는 편이나. 그래서 발랄할 수 있는지도 모르겠다. 하여튼 어여쁜 얼굴로 까르띠에나 샤넬 백을 매고 발랄하게 교수들에게 달려오는 그 아이는 다른 아이들 사이에서 겉돌았다. 언젠가 그 친구가 내가 애정하는 블루를 들고 왔다. 그것도 학교로!

"아빠 거 훔쳐온 거예요!"

참으로 해맑게 외치면서. 참고로 김영란법이 제정되기 한참 전의 이야기다.

다음 주 다른 학생이 조니워커 블랙을 들고 왔다. 법대를 나온 그 친구는 집안의 반대에 부딪혀 일체의 학비나 생활비를 지원받지 못 하고 있는 상태였다. 글을 쓰고 싶어 난생처음 거친 세상에 홀로 선 그는 지하방에서 쌀이 떨어져 굶주리는 청년의 이야기를 소설로 썼고, 실화임을 직감한 나는 격려와 칭찬을 아끼지 않았다. 그 고마움에 대한 답일 테지만, 답을 받고자 칭찬을 한 건 당연히 아니었다. 아마 지난주 블루를 들고 온 친구의 영향을 받은 듯했다. 누구는 블루를 주는데 자기는 조니워커 블랙밖에 살 수 없었을 그의 열패감을 이해하고도 남았다. 그래서 모두가 듣는 자리에서 말했다.

"나, 위스키 좋아하고 공짜 좋아합니다. 그런데 받았다고 준 사람에 대한 평가가 눈꼽만큼도 달라지지는 않습니다. 돌려받을 게 하나도 없는데도 주고 싶어 환장할 만큼 내가 좋으면 계속 주든가! 신나게 마셔는 드릴게."

그 뒤로 누구도 뭔가를 가져오지 않았다. 물론 커피 정도 사 오는 친구들은 있었다. 아무튼 그날 수업이 끝난 뒤 해맑은 친구를 불러 몇 마디 했다. 네가 가진 것을 갖지 못한 친구들의 마음을 좀 헤아리면 좋겠다고. 혼내는 거라고 생각했는지 울먹울먹하던 해맑은 친구는 그 뒤로 조금씩 변했다. 다른 사람의 마음도 조금은 헤아릴 줄 아는, 그러나 여전히 해맑은 사람으로. 그 해맑음이 참으로 어여뻤다. 그 친구를 만난 게 벌써 14, 5년 전, 그사이 우리는 가까운 친구가 되었다.

구례로 내려온 지 얼마 되지 않았을 때, 그러니까 집 여섯 채가 있는 작은 산골 마을에 주인아저씨 부부와 나, 둘밖에 살고 있지 않을 때, 그 친구와 몇몇 제자가 놀러 왔다. 비어 있는 아랫집에는 계곡물을 끌어들인 작은 수영장이 딸려 있었다. 깊다고는 해도 나 같은 사람이 숨을 참고 수영하다 다섯 번쯤은 일어나 숨을 몰아쉬어야 하는 정도는 된다. 수영장의 존재를 잘 알고 있었지만 나는 물에 들어 간 적이 없었다. 저혈압이라 물에 들어가면 보통 사람보다 빨리 지치고 힘들다…는 것은 핑계요, 실은 겁이 많고 귀찮아서다. 그런데 이 친구가 수영장이 있다는 말을 듣고는 벌떡 일어났다.

"쌤! 수영하면서 마셔요!"

젊은이들은 물을 사랑하는가? 제자들이 다 박수를 치며 주섬주섬 수건 등을 챙기기 시작했다. 싫다고 단호하게 거부했으나 녀석들은 가뿐하게 나를 버리고 수영장을 택했다. 블루를 끌어안은 채 뒤따를 수밖에. 수영장에 당도한 해맑은 아이는 환호성을 지르며 훌훌 옷을 벗어 던졌다. 말릴 새도 없었다. 야!라고 겨우 정신을 차리고 소리쳤으나 벌써 물에 뛰어든 뒤였다. 다른 아이들도 뒤를 따랐다. 다행히 해맑은 녀석과 달리 옷을 입은 채.

수영장 입구 오른편으로는 오래된 배롱나무(목백일홍)가 서너 그루, 백 일이 간다는 붉은 꽃망울을 시샘하듯 앞다투어 터뜨리는 중이었다. 물에 뛰어든 아이들은 그 나이답게 환호성을 지르고 물장난을 치며 청춘의 한순간을 제대로 즐기고 있었다. 나는… 이미 늙은 나는 가슴 졸이며 주변을 살폈다. 혹 누가 지나갈까 봐. 물론 내가 사는 곳은 큰길에서 벗어난 숲속이고, 평소에 오가는 사람이 전혀 없다. 주인아저씨가 간혹 풀을 베고 농사일을 하러 돌아다니는 정도다. 거기다 주인아저씨와 아주머니는 시골 사람이지만 경우가 밝아 내 손님들이 오가는 곳에는 절대 걸음을 하지 않는다. 알면서도 나는 백주대낮에, 저토록 찬란한 태양 아래 알몸이라는 것이, 내 몸이 아님에도 불구하고, 참으로 부끄럽고 난감했다. 들키면 큰일이다,라는 생각으로 나는 블루 한 모금 마시고, 아이들 한 번 보고, 뒤쪽의 좁은 길을 살폈다. 물론 개미 한 마리 얼씬거리지 않았다. 어디선가 매미가 귀 아프게 울어댔다. 해맑은 아이가 내쪽으로 다가왔다.

"쌤! 나도."

입술이 파랗게 질린 아이가 손을 내밀었다. 한여름인데도 계곡물은 몸서리치게 차가웠다. 블루를 가득 따라 아이에게 건넸디. 힌 간을 냉큼 마신 이이는 추위를 딜낼 셈인지 물속에서 방방 뛰었다. 나는 아이의 입에 치즈 한 조각을 물려주었다. 차디찬 물속에서 알몸으로 즐기는 블루라니! 마음 같아선 나도 아이처럼 태어난 그대로의 모습으로 뛰어들고 싶었다. 그러나 태어난 때와 달리 세상의 때가 묻은 나는 도무지 용기를 낼 수 없었다. 그게 부끄러워 다시 블루를 마셨다.

해맑은 아이는 팔짝팔짝 뛰어 배롱나무 그늘이 진 수영장 끝으로 갔다. 그러고는 팔짝 뛰어 물 위로 몸을 띄웠다. 그 상태로 아이는 수영을 하기 시작했다. 제대로 배운 배영이었다. 아이가 양팔을 뒤로 젖히자 몸이 뒤로 쭉 밀려났다. 어느 순간 아이의 몸이 배롱나무 그늘의 경계를 넘어 수면에 어룽거리는 뜨거운 햇빛 속으로 미끄러지듯 나아갔다. 나는 홀린 듯 그 모습을 지켜보았다. 동그랗고 자그만 가슴이 햇빛 속에 동동 떠 있었다. 아이가 배영으로 수영장을 휘젓고 다니는 동안 내 머릿속에 떠오른 생각은 오직 하나였다. 찬란하게 아름답구나.

나에게도 찬란한 젊음의 시절이 있기야 했겠지. 그때의 나는 몸 따위 돌아보지 않았다. 몸 따위, 하찮았다. 정신은 고결한 것, 육체는 하찮은 것. 그래서 육체의 욕망에 굴복하는 모든 행위를 혐오했다. 혐오라니. 몸이 있어 정신이 존재하는 것인데. 젊은 나는 참으로 하찮았구나. 그런 생각을 하며 나는, 하찮게 천대해왔던 불쌍한 나의 몸에게 블루를, 귀하디귀한 블루를 아낌없이 제공했다. 아름다운 육체가, 찬란한 젊음이 펼쳐보이는 어느 여름날의 천국에서.

해맑은 아이는 소설의 길을 버리고 드라마 작가의 길을 선택했다. 아이는 여전히 해맑다. 때로는 신이 나서, 때로는 좌절하며 새로운 길을 걷고 있는 아이의 앞날이 그날의 수영장에서처럼 찬란하게 빛나기를!

내가 너에게,
네가 나에게 스며든 시간

수영장 딸린 아랫집은 참 많은 사람이 거쳐 갔다. 처음 왔을 때는 빈집이었다. 광주 사는 사업가가 별장처럼 쓰려고 얻어놓았으나 곧 부도를 맞아 짐도 빼지 않고 연락도 몇 년째 끊긴 상태였다. 그 뒤로 제자 둘이 돈을 모아 2년쯤 그 집을 썼다. 어쩌다 놀러 오는 용도로. 수영장에 반해 집을 얻었으나 서울서 구례까지 오기가 쉬운 일은 아니다. 2년 만에 안 되겠다 싶었는지 손을 털었다. 그 뒤에는 빨치산 다큐 찍겠다는 조성봉 감독이 얻어 2년쯤 살았다. 그는 남원에 더 좋은 거처를 구해 떠났다. 조 감독은 인기가 하늘을 찔러 숱한 사람들이 그 집을 찾았다. 그가 살던 시절 주말이면 고요한 동네가 시끌벅적했다. 오늘의 주인공 A는 조 감독의 집을 자주 찾았던 한 친구다.

나는 말이 많다. 친한 사람들과 있을 때만 그렇다. 말은 많은 주제에 낯을 심하게 가려 모르는 사람과의 자리를 피하게 된다. 조 감독 집에 오는 사람들은 주로 우 몰려왔고, 간혹 나를 불렀으나 낯가림 때문에 대부분 거절했다. 그들은 나를 거만한 사람으로 기억하고 있을 것이다.

어느 날 누군가 문을 두드렸다. 말없이 내 집을 찾아오는 이는 없다. 깜짝 놀라 문을 열었더니 등산복 차림의 남자 둘이 서 있었다. 등산화를 벗으려던 남자도 웬 아줌마가 나오니 깜짝 놀랐다. 조 감독 집인 줄 알고 문을 두드린 모양이었다. 그가 바로 A였다. 조 감독이 떠난 뒤 A가 그집을 얻었다. A는 수원에서 중고서점을 제법 크게 하고 있어 자주 올 수 없는 형편이다. 그래서 어쩌다 오려니 마음 놓고 있었다. 웬길? 그는 거의 주말마나 달려왔다. 처음에는 그가 여간 불편하지 않았다. 금요일 일이 끝나자마자 달려온 그는 밤이 깊거나 말았거나 거침없이 내 집 문을 두드렸다. 몇 번 얼굴을 봤으니 이미 친한 친구라 제 맘대로 생각하는 그런 부류인 듯했다. 그러나 나는 10년을 봐도 아직 친구가 아닌, 친구 사귀는 데 참으로 긴 시간이 필요한 사람이다. 그럴 때 나는 내 친구들이 '정 작가 모드'라고 부르는 걸 탑재한다.

"미안합니다. 제가 할 일이 있어서요."

두 손을 모으고 공손하게 말하면 열에 아홉은 그 거리감을 깨닫고 뒤로 물러나게 되어 있다. 그러나 A는,

"누나! 감바스만 먹고 가. 먹고 죽은 귀신이 때깔도 곱다잖수. 다 먹고 살자고 하는 짓인데 먹고 해, 먹고. 기가 막혀! 내 솜씨 죽인다 아이가."

라고, 물러나기는커녕 두 걸음 더 쑥 들어왔다. 누나? 언제 봤다고 누나! 이걸 뭐라고 해야 하나. 예전 같으면 내가 왜 댁의 누나예요, 차갑게 쏘아붙였을 텐데 늙어 좀 수그러진 나는 어쩌지도 못하고 그에게 질질 끌려 내려갈 수밖에 없었다. A는 그렇게 세상을 향해 세워놓은 나의 벽을 무너뜨리며 성큼성큼 다가왔다. 그에게 얻어먹은 게 참으

로 많다.

진주 태생인 그는 1남 2녀 중 가운데. 홀로 된 어머니와 누나 부부는 여전히 진주에 살고 여동생은 미국에 산다. 그의 누나는 진주 갑부집으로 시집을 갔는데, 갑부 딸을 둔 어머니는 지금도 남의 고추밭에 품을 팔러 다닌다. 자식들이 질색팔색해도 소용없다. 얼마 전 미국 사는 조카가 대학 입학을 앞두고 홀로 귀국했다. A는 제 돈을 들여 어머니와 조카를 데리고 제주도에 갔다. 뭘 하자고 해도 시큰둥, 어머니는 힘들다며 자꾸만 집에 가자고 했다. 하루 왼종일 고추는 따면서. 속이 상한 A가 말했단다.

"여기가 고추밭이다 생각해라. 고추밭에선 힘이 불끈불끈 난다 안캤나?"

A는 이런 사람이다. 가족을 위해서라면 제 몸 부서지는 줄 모르는 어머니를 둔, 그런 어머니를 꼭 닮은. 나는 처음 2년간 A가 노상 불편했다. 자꾸만 뭘 해주는 것도 불편하고, 매주 와서 술 먹자 부르는 것도 불편하고, 시속 200킬로로 내달리는 것 같은 술 마시는 속도도 불편하고, 술만 마시면 고래고래, 음정 박자 다 틀리게 노래를 부르는 것

도 불편하고, 흥이 한껏 오르면 반드시 두들겨대는, 꽹과리 소리는 불편함을 넘어 죽을 맛이었다. 내가 꽹과리 소리를 참은 건 잠시 뒤면 술자리가 끝날 거라는 징표였기 때문이다. A가 꽹가리를 들자마자 슬그머니 도망친 나는 내 집까지 100미터가 넘는 거리를 뚫고 들려오는 꽹과리 소리가 잠잠해지기를 기다렸고, A가 언제 저 집을 포기하려나 더욱 간절히 기다렸다.

어느 여름, 그의 가족 전원이 아랫집을 방문했다. 남들이 수영장에서 즐거운 여름을 만끽할 때 그와 달리 고요한 그의 어머니는 홀로 산책을 하고, 그는 수영장 앞 데크에서 하루 종일 장어를 굽고, 조개를 굽고, 소고기를 굽고, 돼지고기를 구웠다. 뜨거운 불 앞에서 땀을 비 오듯 흘리며. 자기 식구 모인 곳에 그는 기어이 나도 끌고 내려갔다. 귀한 장어를 한 점이라도 먹일 요량으로. 내가 장어 싫어한다고 해도 막무가내였다.

"누나 니가 좋은 걸 안 묵어봐서 그렇다. 진주 짱어는 다르다. 함 묵어봐라. 또 달라고나 안 하면 다행일끼다."

다르기는 개뿔. 장어가 장어지. 미국에서 샌드위치 가게 한다는 여동생이 돕겠다고 나서자 그는 집게를 휘두르며 말렸다.

"니가 샌드위치나 알지 짱어를 아나? 짱어는 내가 최고다. 니는 묵기나 해라."

동생 샌드위치가 세상에서 제일 맛있다던 A의 말이 기억났다. 남의 식구 사이에 끼어 좋아하지도 않는 장어를 먹으면서 나는 깨달았다. 이 친구를 받아들일 수밖에 없을 것임을.

그는 좋은 아들이다. 매주 금요일 구례에 왔다가 질펀하게 술을 마시고, 다음 날 새벽같이 일어나 진주로 달려간다. 어머니 곁에서 쏟아지는 잔소리를 들으며 때로는 모를 심고 때로는 로타리(밭갈이용 농기계)를 치고 때로는 고추 심을 지주대를 박는다. 아들을 야무지게 부려 먹은 어머니는 간장 된장 고추장에서부터 참깨, 참기름, 고춧가루에 이르기까지, 무엇 하나 돈 주고 사 먹지 않아도 되게 바리바리 짐을 꾸린다. A의 생일에는 맛있는 거 사 먹으라며 100만 원이나 300만 원, 용돈을 쾌척한다. 님의 고추밭에서 일하고 모은 일당으로. 그 어머니는 애틀랜타 사는 딸에게도 진주에서만 먹을 수 있는 냉동한 장어탕이며, 조미하지 않은 말린 쥐포, 어머니가 직접 말린 시금치나 고구마 줄기 등속을 때마다 넘치게 보낸다. 그 어머니의 자식들은 어머니표가 뭐든 세상에서 최고다. A는 자기 어머니 솜씨를 보여주겠다며 몇몇 지인들을 어머니 집으로 끌고 가기도 한다(나도 가자는 걸 마다했다). A와 그의 친구들은 팔순 노모가 차려준 밥을 염치도 좋게 배 터지게 얻어먹는다. 나는 너무 염치없다 생각해 가지 않은 것인데 어머니는 너무 좋아하셨단다. 아마 A는 아직도 어머니 음식이 최고고, 아들이 좋은 친구들과 잘 지내고 있다는 것을 어머니에게 보여주고 싶었던 게 아닐까? 나보다 속이 깊다. 그날, 요리하는 중간중간 열심히 사진을 찍던 그는 그걸 다 현상해 앨범을 만들어주었단다. 세상에 다시 없을 귀한 선물 아닌가? 어머니와 동생에게 이렇게 할 수 있는 사람은 절대 나쁜 사람일 수 없다.

A를 만난 지 십여 년의 세월이 훌쩍 지났다. 그사이 꽤 가까워졌다. 아직도 A가 불편하긴 하다. 그는 너무 부지런하고(나는 너무 게으르다), 부지런하다 못해 부산하고(나는

주위가 부산하면 안정이 되질 않는다), 여전히 부지런한 속도로 술을 마신다(나는 게으른 속도로 오래 마신다). 그는 먹을 것도 좋아해서 안주가 푸짐해야 하고(나는 물이면 족하다), 소주를 좋아하고(알다시피 나는 위스키!), 노래도 꼭 불러야 하고(나는 노래방 가자는 사람이 세상에서 제일 싫다), 만취한 다음 날에도 등산은 꼭 해야 되는 사람이다(나는 움직이는 게 딱 질색이다. 내 집이 세상에서 제일 좋다). 이렇게나 다른데도 나는 A가 좋다. 좋은 사람이니까. A도 나도 술꾼이니까.

A는 지난해 아랫집을 다른 사람에게 양보했다. 한 달에 한 번은 내 집에서 재워준다는 조건으로 아랫집이 꼭 필요했던 나의 지인에게. 요즘 그는 두 달에 한 번쯤 놀러 온다. 제집이 아니라 그런지 노래를 부르지 않을 때도 있고, 꽹과리는 당연히 치지 않는다. 건배를 하자고 조르지도 않는다. 각자의 스타일대로 그는 빨리 마시고 나는 느릿느릿 마신다. 지난달에는 매일 강연을 다니느라 차릴 안주가 없어 치즈만 내놓았더니 A가 투덜거렸다.

"누니 니는 떴는데 나는 굶어죽겠나. 언제 끝나는데?"

A는 고기나 회가 있어야 제대로 된 안주다. 알면서도 대

접할 게 없어 미안하기는 했다.

"이제 거의 끝물이겠지. 설마 더 가겠어?"

언제 끝나냐 물어놓고는 자기가 더 정색을 했다.

"아니다! 더 갈 끼다. 쭈욱 갈 끼다. 내가 책 장사 아이가. 내 감이 쥑인다."

여기서 그만이어도 좋고 쭈욱 가도 좋다. 주변에 내가 사랑하는 친구들과 술만 있어도 족하다. 술이 핏속으로 스며들 듯 서로가 서로에게 스며든 지난 10년, 이제 우리는 친구다.

노골노골 땅이 녹는 초봄,
마음이 노골노골해서

생일 이른 아침, 전화가 왔다. 고창 농부 주영태였다.

"누나. 생일인디 미역국은 잡샀소?"*

그제야 내 생일인 줄 알았다. 늙은 엄마는 날짜 가는 줄

---

* 고창 농부 주영태의 고창 사투리는 이제껏 들어본 바 없는 날것이다. 구례
사투리와도 다르다. 그토록 쩐하고 찰진 고창 사투리를 제대로 옮길 재간이
없어 내 식으로 썼다. 주영태의 사람 홀리는 고창 사투리를 제대로 살리지
못해 아쉽다. 제대로 된 고창 사투리를 만나고 싶다면 『고라니라니』(출판사
마저)를 읽으면 된다. 고창 농부 주영태는 『고라니라니』라는, 딱 저같이 아름
다운 에세이집을 내기도 한, 무려 작가다!

을 모르고, 어린 아들은 엄마 생일 따위 아무 관심이 없고, 나 또한 누구의 생일은커녕 내 생일도 챙기지 않은 채 무심하게 사는 사람이다. 게다가 요즘은 너무 바빠 매일 아침 눈 뜨면 강연 일정 확인하기 바쁘다. 요즘 나의 시간은 몇 월 며칠이 아니라 몇 시 어디 강연으로 헤아려진다.

"엄마랑 아침 먹으려고."

"쌀밥 해 잡수라고 쌀이랑 굴비랑 쪼까 보냈네. 오늘 해 묵게 보냈어야 했는디 나도 깜빡해부렀그마."

다음 날 제법 큼직한 굴비 한 두름과 쌀이 도착했다. 영태를 만난 뒤로 쌀 살 일이 없다. 쌀뿐인가. 고창의 모든 것이 내 집으로 온다. 영태를 안 지 얼마 되지 않았을 때 전화가 왔다.

"짬 있다가 무수내(내가 사는 지역의 옛 이름) 넘어갈라는디 수박 쪼까 갖다주끼다? 수박 허는 성이 맘대로 갖다 묵으랑마."

한두 통만 가져오라 했더니 트럭 한가득 수박을 싣고 왔다. 온 동네가 나눠 먹고도 남아서 구례 읍내까지 배달을 다녀왔다. 또 어느 겨울에는 배추 필요하냐고 물었다. 이번에는 한두 통에 방점을 찍어 몇 번이나 일렀다. 그런데 또 트럭 가득 싣고 왔다.

"이걸 다 어쩌라고?"

"에이. 사램만 배추 묵으라는 법 있소? 달구새끼가 배추라면 환장을 해라. 달구새끼 주씨요."

비싸서 사람도 맘대로 못 사 먹는 배추를 그 겨울, 주인 아저씨 닭들이 다 먹어치웠다.

영태는 백 마지기 논농사를 짓고, 그의 아버지는 벌 이백 통을 키운다. 어느 해 그 벌을 주인아저씨 매실밭에 가져다 놨다. 벌들의 안부를 물으러 영태 아버지가 간혹 무수내에 들렀다. 영태와 비슷하게 말수 적고 무뚝뚝한 분이었다. 어느 날, 길에서 마주친 아버지가 무심하게 말했다.

"무시 갖고 가씨요."

나도 잘 모르는 어른과 살갑게 말을 나누는 성격이 아니라 네, 하고 빈손으로 딸랑딸랑 갔다. 그때 영태 아버지는 비어 있는 옆집에 며칠씩 묵었더랬다. 하나만 가져올 생각이었는데 무는 보이지 않고 비닐 포대만 두 개 놓여 있었다. 내가 주위를 두리번거렸더니 아버지가 말했다.

"그거이 무시요. 다 갖고 가씨요."

주인집에서 깍두기 담근다고 세 개, 아랫집 언니가 두 개, 내가 두 개, 한 포대 반이 남았다. 그걸 낑낑거리며 차에 싣고 또 읍내로 배급을 나갔다. 고창이 전부 그런 것인지 영태네만 그런 것인지 아무튼 영태네 집안사람들은 하나같이 손이 크다. 영태 어머니는 겨울에 김장을 무려 육백 포기씩 한다. 혼자 사는 이웃들 김치까지 다 담근다. 그 김치가 나에게도 해마다 20킬로씩 온다. 육백 포기라는 말에 내가 입을 떡 벌렸더니 뒤이은 영태의 말이 가관이었다.

"아이가. 다 노놔주고 봉게 모질라가꼬 한 백 포기 또 담 갔는디요?"

그 집으로 시집갔으면 나는 일 년도 못 살고 줄행랑을 쳤을 것이다.

영태 어머니 김치는 내가 먹어본 김치 중 제일 맛있다. 어머니 솜씨가 좋다고 추켜세웠더니 철없는 아들놈의 대답 보라지.

"그거이 미원 맛이요, 미원. 우리가 암만 말게도 안 본 새에 미원을 뻥아리 눈물만치 뿌려분당게요."

쌀을 주면서도 영태는 그랬다.

"나는 유기농으로 키웠는디 참말로 유기농잉가는 나도 몰라라. 그런갑다, 허고 잡수씨요."

"그게 무슨 소리야?"

"나가 농민회 일 보러 가기만 허먼 아부지가 귀신겉이 달레가서 농약을 핑계봉게요."

유기농이랍시고 잡초 속에서 자라는 벼가 평생 농사만 지어온 아버지 눈에 어찌 보였을지 아버지 맘속에 들어갔다 나온 듯 환했다. 짐작했겠지만 영태는 자기 농작물 먹는 사람에게도, 농작물에게도, 땅은 물론 땅속 벌레에게도 나쁜 짓 하지 못하는 착한 사람이다. 당연히 돈 버는 재주는 없다. 그런 주제에 뭘 자꾸만 들고 온다.

어느 겨울, 놀러 온 영태가 비닐봉지를 건넸다. 열어보았더니 닭이 세 마리, 그런데 보통 닭보다 현저히 작았다. 백숙용 영계라기에는 좀 크고.

"이게 뭐야?"

"꿩이랑께라. 꿩 좀 본내?"

꿩이야 숱하게 봤다. 내 집 바로 옆 밤나무 숲에도 꿩 가족이 산다. 이른 봄이면 어미가 아장아장 걷는 새끼들을 데리고 시멘트 포장길까지 나오곤 한다.

"웬 꿩?"

"쩌번에 누나가 꿩 떡국 잡숫고 싶다고 했잖애라."

구례에서는 닭장 떡국을 먹는다. 닭고기를 국거리 정도로 잘게 잘라서 조선간장에 짭짤하게 볶아두었다가 겨우내 조금씩 넣고 떡국을 끓이는 것이다. 원래는 닭도 귀해 꿩고기로 먹던 데서 유래했다고, 옛날 아빠가 그랬다. 닭장 떡국보다 환장하게 맛있었다던 아빠 말이 그리워서 영태에게 말한 적이 있었다. 지나가는 말로 한 건데 잊지 않았던 것이다.

"이걸 어디서 났어?"

"어서 났겄소. 나가 잡았제. 새총으로 한 방에 한 마리썩 잡아부렀소."

처음에는 진짜인 줄 알았다. 알고 보니 고창 농부 영태는 말만 농부지 일이 서투르다. 영태 아버지가 진짜 농부다. 유기농을 주장하며 심어만 놓고는 농민회 일로 사방천지 쏘다니며 바쁜 영태가 그래도 수확이라는 걸 하는 이유는 영태 없을 때 아버지가 우렁각시처럼 모든 일을 해치운 덕분이다. 영태는 입만 열면 뻥이다. 저수지에 들어가서 그물을 던졌다 하면 제가 온 걸 아는지 초등학생만 한 가물치며 잉어가 알아서 그물 안으로 기어들어온다나 뭐라나. 영태는 죽어도 진짜라지만 나는 안 믿는다. 봐야 믿겠다. 아니다. 진짜인가 싶을 때도 있다.

얼마 전 영태가 7시 뉴스에 나왔다. 저 텔레비전 나왔다고 자랑을 하길래 나는 심장이 덜컥 내려앉았다.

"무슨 사고를 친 거야! 괜찮아?"

다급히 물었다. 술 먹고 누구를 패고 그런 사고는 아닐 터였다. 그러나 온갖 시위 현장에 밥 먹듯 다니는 친구라 어디서 다치기라도 한 건 아닌지 염려스러웠다. 대답 대신 뉴스를 링크한 카톡이 왔다. 뉴스 제목을 보고 빵 터졌다.

'송전탑에 둥지 튼 천연기념물 황새 가족'

멸종위기종 1급인 황새를, 송전탑에 둥지 튼 황새를, 처음으로 알아채고 방송사에 제보한 게 영태였던 것이다. 새, 벌레, 곤충, 넝쿨 따위는 살아있는 생명에 관해서라면 박사다. 박사가 한 건 했으니 축하할 일이다. 죽어가는 지구를 위해.

어쨌든 영태가 가져온 꿩으로 꿩 떡국을 끓였다. 음식에서 맡을 수 없는 향기가 났다. 초여름의 산뜻한 풀 냄새 같은. 그게 꿩고기의 향기였다. 나는 좀 먹기 힘들었다. 향기만 아니라면 고기 자체는 닭보다 더 담백하긴 했다. 떡국을 먹던 영태가 벌떡 일어나 소주를 들고 왔다. 영태도 소주파다. 하기야 농부니까.

영태는 나와 술 마시는 스타일이 거의 똑같다. 시끄러운데 싫어하고, 사람 많은 데 싫어하고, 노래시키면 질색하고, 안주도 김치 하나면 족하다. 빨리 마시지도 않는다. 잘 취하지도 않는다. 적당히 먹을 만큼 알아서 먹는다.

"자야 쓰겄소 누나. 나락 빈다고 트렉터를 하도 몰아서 긍가 워쩡가 인자사 멀미가 날라고 허네."

이따위 싱거운 농담을 던지고 곱게 잔다. 대신 영태의 술은 운전할 때가 아니라면 아침도 낮도 가리지 않는다. 하늘이 고우면 고와서, 바람이 스산하면 스산해서, 노골노골 땅이 녹는 초봄에는 마음이 노골노골해서, 비가 한줄금 긋고 지나가면 맘이 괜시리 착잡해서, 마신다. 어느 봄

날 우리 집 개 호랑이가 주인집 닭 백 마리를 순식간에 학살한 날, 백 마리 닭의 사체를 치우고 온 영태는 마음이 심란해서 안 되겠다며 그 찬란한 봄날, 내내 소주를 마셨다. 백 마리 닭의 기구한 죽음과 보기 드문 대전투에서 승리한 호랑이의 전율과 앞다투어 피어나는 봄꽃들과 섬진강 쪽에서 물의 냄새를 품고 흘러온 고요한 바람과 말없이 오래 앉아 있으면 바위인가 싶은 고창 농부와 그걸 바라보는 나와 물인 듯 술인 듯 술술 들어가는 소주와, 참으로 오묘한 봄날이었다.

여우와 함께 보드카를!

몽골의 독수리 사냥을 취재하러 간 적이 있다. 울란바토르에서 서쪽으로 며칠을 달려 알타이산맥을 왼쪽으로 끼고 카자흐스탄과의 국경까지 올라간 머나먼 여정, 돌아오는 길에는 비행기를 탔음에도 불구하고 장장 8박 9일이 걸렸다. 때는 11월 초, 몽골 사람들은 아직 겨울이 오지 않았다는데 기온은 영하 15도를 넘나들었다.

이 여행은 출발부터 삐그덕거렸다. 통역을 맡은 선배 때문이었다. 선배는 15년 넘게 몽골에서 살고 있었다. 누가 봐도 몽골 현지인 같은 선배는 몽골 문화에도 조예가 깊었고, 몽골 말도 제법 할 줄 알았다. 나는 선배를 믿고 취재 전 과정의 일정을 맡겼다. 그런데 출발을 열흘 남짓 앞두고 오간 메일부터 이상했다. 통역인 선배를 포함하여 우리 일행은 여섯, 6인승 차량 두 대와 운전사 둘을 섭외한 것은 이해가 됐다. 겨울이 아니라고는 하지만 영하 15도 내외의 날씨인데다 사방 몇백 킬로 내에 인가가 없는 경우도 허다하니 만에 하나 차가 고장 날 경우에 대비한 것일 터였다. 문제는 요리사가 동행한다는 점이었다.

웬 요리사? 물었더니 선배가 메일로 답했다.

독수리 사냥한다며? 독수리가 뭐든 잡아 오면 요리해서 먹어야지.

아니! 독수리 사냥을 취재한다고!

독수리가 무엇을 잡아 오든, 요리사가 있든 말든 그걸 먹을 생각은 꿈에도 해본 적이 없었다. 길들인 독수리를 이용해 여우며 늑대를 잡는 몽골 사람을 취재한다는 말이 어떻게 독수리가 잡아 오는 것을 먹겠다는 말로 둔갑했는지는 오리무중이었다. 그때 짐작했어야 했다. 참으로 험난한 여정이 될 것임을.

며칠 뒤 선배는 또 물었다.

총은 여기서 준비할 수 있다는데?

웬 총?

사냥을 하려면 총이 있어야지.

웬 사냥?

사냥하러 온다며? 거기 유명한 사냥지야. 얼마 전엔 **
그룹 사장이 와서 산양을 잡았어. 원래는 표범을 잡으러
왔는데 실패하고 산양만 잡았다네. 표범을 잡으면 일억을
내야 하는데 산양은 이천이래.

아! 선배가 사오정이라는 것을 까맣게 잊고 있었다. 그
래도 옛날엔 말은 통했는데 이국에서의 고된 삶이 말조차
통하지 않게 만든 것인가, 내심 마음이 아팠다. 우리의 목
적을, 또다시, 참으로 친절하게 꼼꼼히 적어 다시 보냈다.
총과 요리사는 절대절대 필요 없다고 강조하는 것도 잊지
않았다.

울란바토르 공항에서 오랜만에 선배를 만나고 직감하
기는 했다. 이 여행이 어쩌면 고난의 행군이 될지도 모르

겠다는 것을. 선배는 그야말로 바리바리 짐을 챙겨왔다. 양념으로 가득 찬 박스와 온갖 종류의 통조림으로 가득 찬 박스까지.

아무튼 우리는 길을 떠났고, 언제나 몽골에 가면 그렇듯 좁디좁은 도시에 갇혀있던 옹졸한 마음이 탁 트인 초원처럼 뻥 뚫리는 것 같았다. 몽골에서는 몽골의 법을 따라야 한다며 몽골 음식을 권하거나 몽골은 물이 귀하니 머리를 감기는커녕 이도 닦지 말라는 선배의 강압에 가까운 권유도 처음 며칠은 견딜 만했다. 사흘쯤 지나니 비포장길을 내내 달려온 터라 엉덩이가 아팠고, 감지 못한 머리가 가려웠고, 숨만 내쉬어도 양 냄새가 나는 듯했으며, 무엇보다 김치가 간절히 그리웠다. 아! 사람은 한 치 앞도 모르는 바보다. 그 정도는 그야말로 애교 섞인 투정에 불과했던 것이다.

나흘 만에 체체크라는 작은 마을에 도착했다. 기억력 나쁜 내가 지명까지 기억하는 것은 그날의 고된 기억 때문이나. 우리가 딘 승용자기 미을 입구에 도착히기 무엇보다 먼저 우리를 환영하는 것임이 분명한 플래카드가 우리를 반겼다. 플래카드라니? 취재 여행이라고는 했지만 내가 쓰려는 청소년 소설을 위한 취재일뿐, 방송사나 카메라 기자를 대동한 거창한 여행이 아니었다. 그런데 환영이라니?

우리는 곧장 마을회관으로 끌려갔다(안내되었다고 하기에는 우리는 도무지 무슨 상황인지조차 알지 못한 상태였으니까. 물론 선배는 알고 있었겠지). 읍장인지 시장인지의 거창한 환영 인사에 이어 어린아이들의 아크로바틱 공연 등등이 펼쳐졌다. 나는 이제나저제나 그런 식의 몸을 혹사하는 듯한 운동 같은 걸 보는 것조차 괴로워한다. 게다가 어린아이들이었다. 기이하게 비틀고 재주를 부리기까지 얼마나 힘들었을 것인가. 거창한 환영식이 이어지는 내내 나는 공연 구경은 뒷전이요, 선배가 대체 나를 뭐라고 소개한 것인지 궁금했다. 나 외의 일행은 어차피 차 빌리는 김에 돈 조금 보태서 몽골 구경 한번 해보려는, 돈도 명예도 없는 나의 친구들이었다.

한국 어느 도시와든 자매결연을 원한다(나보고 어쩌라고? 가난한 소설가 나부랭이에 시간 강사에 불과한 나보고 어쩌라고?), 저 어린아이들을 아크로바틱 꿈나무로 지원하고 싶다(그러니 돈을 달라는 말인가?) 등등, 동네 유지들의 환대에 지친 우리는 숙소에 들어가자마자 비상금을 탈탈 털었다. 그래봤자 다들 가난뱅이라 100만 원 남짓밖에 되지 않았다. 선배에게 그걸 전해달라 부탁했다. 원한 적 없는 환대라 해도 이미 받았으니 그 정도는 해야 할 것 같았다.

다음 날 날이 밝자마자 우리는 도둑처럼 슬그머니 꽃이라는 의미의 체체크를 빠져나왔다. 하늘은 거의 머리 위까지 무겁게 내려앉아 있었다. 우리가 일찌감치 서두른 것은 날씨가 심상치 않다는 운전사 아저씨의 조언 덕분이기도 했다.

차는 이내 그리 높지 않은 산길로 접어들었다. 몽골의 산은 우리네 산과 다르다. 거기는 골짜기라는 말이 없다. 산들이 하나씩 띄엄띄엄 솟아있기 때문이다. 우리가 어려서부터 누누이 들어온 우랄·알타이산맥의 알타이산맥은 동네 뒷산보다 낮았다. 고도 자체가 높기 때문이라고 했다. 고산병이 올 정도는 아니라 그 높이를 우리는 전혀 실감하지 못했다. 아무튼 우리 민족의 근원이라는 우랄·알타이산맥이고 뭐고 체체크로부터 벗어나자 숨통이 트이는 것 같았다. 선배가 빈약한 몽골어로 사냥 어쩌고 하니 우리 일행을 사냥하러 온 재벌쯤으로 착각했다는 게 우리 모두의 결론이었다.

산을 오르는 도중 눈이 쏟아지기 시작했다. 오랫동안 보지 못한 정도의 폭설이었다. 산을 넘어서자 그림 같은 계곡이 나타났다. 텐트나 게르를 치고 한 시절 머무르고 싶은 정도의 풍경이었다. 여기저기서 감탄사가 튀어나왔다.

"스톱!"

일행 중 누군가 스톱을 외쳤다. 카메라를 흔들면서. 운전사 아저씨는 고개를 흔들었다. 그리고 비장하게 말했다.

"서면 못 간다. 눈이 순식간에 쌓인다. 세우면 다 같이 죽는다."

아저씨의 말은 비장하게 아름다웠다. 세우면 죽는다니. 그것도 다 같이. 그것도 눈에 갇혀서. 아저씨는 리얼로 말했을 테지만 우리는 그걸 낭만으로 해석했다. 그래서 누군가,

"죽어도 좋은데…"

라고 중얼거릴 때, 일제히 웃음을 터뜨렸다. 아저씨는, 정말 생명의 위협을 느낀 아저씨는 바짝 긴장하여 두 손으

로 운전대를 잡고 앞만 주시했다. 눈발은 점점 거세졌다. 앞이 잘 보이지 않을 지경이었다. 재잘거리던 말소리가 줄어들고 다들 창밖을 응시했다. 하늘과 땅 사이를 하얀 눈송이가 가득 메우고 있었다. 바람 한 점 불지 않았다. 참으로 고요하게 눈이 나려서 나리는 것 같지 않고 허공에 멈춰있는 듯했다. 세상에는 온통 눈뿐이었다. 그리고 우리! 누군가 나지막이 침묵을 깨뜨렸다.

"여우다!"

허공을 가득 메운 눈 사이로 여우 한 마리가 내달리고 있었다. 눈과 색깔이 엇비슷해서 눈 밝은 두엇만 여우를 목격했다. 눈이 거의 병신에 가까운 나도 운 좋게 여우를 보았다. 무엇엔가 쫓기는 다급한 몸짓은 아니었다. 표정을 줌으로 당겨 보았다면 녀석은 필시 웃고 있었으리라 장담한다. 녀석은 그러니까, 인간의 흔적도 없고, 오로지 눈뿐인 세상을 저 홀로 만끽하고 있는 중이었다. 이상하게 그 순간, 차고 뜨거운 보드카가 간절했다. 그러나 보드카는 짐칸에 실려 있었고, 차를 세우면 나 죽는다는 경고를 받은 참이었다. 내가 짐칸 쪽을 흘깃거리자 옆에 앉은 자그만 체구의 후배가 피식 웃음을 머금었다. 그러고는 신발을 벗고 의자에 오른 뒤 짐칸으로 넘어갔다. 작은 사람은 이토록 유용하다!

아마도 눈이 종일 내릴 거라 짐작했는지 후배는 보드카를 세 병이나 꺼내왔다. 어느 마트에서 구입한 한 병에 칠천 원짜리 징키스칸 보드카였다. 눈이 퍼붓는 설원을 달리며 우리는 천천히 보드카를 마셨다. 으스스 한기가 돌도록 차가운 보드카는 목구멍을 지나며 따스해져 이내 우리의 몸을 뜨겁게 데웠다. 조금씩 취했고, 그사이에도 눈은 끊임없이 퍼부었으며, 퍼붓는 눈을 보고 있자니 내가 곧 눈이 되어 세상을 휘젓는 것도 같았다.

어떻게 숙소에 도착했는지 기억나지 않는다. 중간 어디선가 러닝셔츠 차림으로 물을 길어오던, 볼이 빨간 소녀와 눈이 마주친 게 기억난다. 그래, 아직 겨울은 아니니까 민소매 러닝셔츠를 입는 거겠지. 취한 정신으로 열어젖힌 커튼 너머, 눈은 지겹게도, 아득하게도 쏟아지고 있었다. 그런 날이, 뭐라고 말하기 어렵지만 영원히 잊을 것 같지 않은 그런 날이 있었다. 내가 곧 하늘과 땅을 연결하는 눈송

이거나 그 설원을 백마 타고 내달리는 칭기즈칸인 것 같던

그런 날이.

관계의 유통기한 ——————

그 선배, 독수리 사냥 취재를 총 들고 직접 사냥한다는 말로 착각하여 몽골에서 때아닌 환대를 받게 한 그 선배 이야기다. 전편에서 내가 슬쩍 말하지 않았던가. 그 선배가 각종 양념 한 박스, 통조림 한 박스를 들고 왔다고. 그 양념과 통조림이 우리의 여행 내내 함께했다.

첫날, 그러니까 아직 체체크에서 공포보다 더한 환대를 맛보기 전, 우리는 어느 허름한 호텔에 짐을 풀었다. 작은 마을 한가운데 있는 아주 낡은 호텔은 말이 호텔이지 여자

넷이 한 방에 묵었는데, 침대라는 게 철조물에 얇은 합판이 올려져 있는 정도였다. 내 후배는 자다가 합판이 깨지는 바람에 기절초풍을 하기도 했다. 다행히 침대는 많아서 일일이 확인하여 개중 탄탄해 보이는 합판 침대를 다시 골랐다.

침대는 양반, 화장실이 최강이었다. 뚜껑이… 없는 것은 양해할 수 있었다. 그런데 엉덩이 대고 앉는 부분이 없었다. 운동이라고는 술잔 꺾는 것밖에 해본 적 없는 우리는 스쿼트 자세, 그러니까 엉덩이를 든 극강의 자세로 볼일을 봐야 했다. 물론 여행하면서 이 정도는 애교다. 다른 나라, 다른 문화, 얼마든 견딜 수 있다. 어린 날, 아래층에 돼지 키우는 이층 화장실도 써본 내가 아니던가. 멀리 갈 것도 없다. 중고등학교 시절만 해도 매일 샤워한다는 건 상상도 할 수 없었다. 샤워 시설을 갖췄거나 온수가 나오는 집이 흔치 않았으니까.

문제는 음식이었다. 나는, 참으로 촌스러운 입맛을 가진 나는 외국 나길 때마다 음식 때문에 곤욕을 치른다. 그래서 웬만하면 싸 갖고 다닌다. 고추장과 김, 김치만 있으면

어지간히 버틸 수 있다. 중국 식당은 세계 어디에나 있지 않은가. 유럽에서는 매 끼니 중국 식당에 가서 밥과 야채 볶음을 사 왔다. 거기 고추장만 넣고 비비면 훌륭한 비빔밥이 된다. 물론 욕은 먹었다. 현지 와서 현지 음식 안 먹는다, 김치 냄새 난다, 빨치산의 딸이 식성은 극보수다 등등 여행하면서 먹은 욕으로만 수명이 10년은 더 길어졌을 거다. 나도 안다. 나도 미안하다. 그래서 현지 식당에 따라는 간다. 그런데 못 먹겠다! 하도 못 먹으니 저희가 알아서 중국 식당 찾아줘 놓고는, 쳇, 뒷담화는 오지게도 하더만.

아무튼 유럽에 가도 그럴진대 몽골이야 말해 무엇하랴. 몽골은 육식의 나라다. 채소가 자라지 못하는 환경이다. 나는 고기를 잘 못 먹는다. 고백하겠다. 나는 밥순이다. 고기를 많아야 세 점 정도 먹는데 그러고 나면 급 밥이 당긴다. 무엇을 먹어도 밥으로 마무리를 해야 뭘 먹은 것 같은 천상 한국인이다. 게다가 몽골은 양의 나라다. 소나 돼지보다 양고기가 흔하다. 나는 양고기를 먹지 못한다.

일행의 불편을 감안하여 나는 한국에서 만반의 준비를 다 했다. 물이 귀한 몽골의 사정을 고려하여 씻어나온 쌀을 끼니별로 소분 포장했으며, 국물이 없는 반찬, 멸치볶음, 장조림, 무말랭이, 깻잎을 진공 포장했고, 김치는 다른 사람에게도 유용할 것 같아 6인이 한 끼니에 먹을 수 있는 분량의 종갓집 김치를(별도의 포장이 필요 없게) 넉넉히 준비했다. 김치찌개만 먹으면 물릴 것 같아 몽골에서도 흔히 구할 수 있는 감잣국이나 끓일까 하여 육수 주머니도 잊지 않았다. 이렇게 만반의 준비를 다 했는데 첫날, 선배가 외쳤다.

"몽골에 왔으면 몽골 법을 따라야지!"

당연히 양고기구이였고, 나는 입에도 대지 못했다. 캐리어 안에 있는 고추장과 김치를 꺼낼까 싶었으나 눈치가 보여 그냥 쫄쫄 굶었다.

그날 밤 숙소로 짐을 옮길 때였다. 선배의 짐이 너무나 많았다. 아까 말한 대로 양념과 통조림만 각기 한 박스였다. 다음 날 아침 짐을 꾸리며 선배에게 말했다. 오늘 쓸 양념과 통조림만 따로 싸자고. 그럼 짐을 전부 나를 필요는 없을 테니까. 선배는 나를 끌 껴타며 딘호허 기뻘했다. 들이오는 날까지 선배는 매일 차에서 모든 짐을 꺼내 숙소가

이 층이든 삼 층이든 끙끙대며 옮겼다. 그러나 선배의 재료를 단 하루도 쓰지 않았다. 아니 쓸 필요가 없었다. 내가 제법 꼼꼼하게 준비를 해 온 덕도 있고, 선배의 재료가 다국적이라 딱히 쓸 데가 없기도 했다.

마지막 밤, 내가 준비한 모든 재료가 마침맞게 다 떨어졌다. 마땅한 안주도 없었다. 드디어 매일 지고 나른 선배의 통조림이 빛을 발할 시간이었다. 통조림을 따려던 후배가 허걱, 이상한 소리를 내더니 내 앞으로 통조림을 내밀었다. 한국에서는 본 적도 없는 소시지 통조림이었다.

"소시지네. 왜?"

후배가 고개를 절레절레 저으며 어딘가를 가리켰다. 처음엔 내 눈을 의심했다. 거기 이렇게 적혀 있었다.

'1992년 10월 31일'

그건 유통기한이었다. 그때가 2003년, 그러니까 유통기한으로부터 무려 11년이 지난 거였다. 후배가 내 귀에 속삭였다.

"며칠 전에 봤는데 다 이래. 내가 선배한테 버리자고 했거든? 근데 선배가 걱정 말래. 다 먹을 수 있대. 통조림은 안 상한대. 어쩌지? 먹고 탈 나면 어떡해?"

마침 선배가 보이지 않았다. 운전하시는 분들 챙기러 간 모양이었다. 그새 모든 일을 끝내야 했다. 나는 선배의 통조림 박스를 화장실로 옮겼다.

"네가 따. 내가 버릴게."

후배는 캔을 따고, 나는 버렸다. 입은 옷 싸려던 비닐봉지를 총동원했다. 그리고 선배의 말이 옳았다. 유통기한이 10년쯤 지난 게 수두룩한데도 상한 냄새는 나지 않았다. 나도 이런 데 유난스런 사람은 아니다. 몇 달쯤 지나도 그냥 먹는 경우가 흔하다. 하지만 10년은… 그런 위험을 감수하고 싶지는 않았다. 통조림을 개운하게 다 버리고 나서 궁금해졌다. 우리가 아니었다면 선배는 이걸 먹었을까? 92년이라면 선배가 몽골로 오기도 전이었다. 그러니까 선배는 한국에서부터 유통기한 지난 통조림을 들고 온 것일까? 아니면 떠나는 사람들이 남겨준 걸 갖고 있는 걸까? 어느 쪽이든 한 가지는 확실했다. 선배가 물질이든 영혼이든 어느 한쪽은 풍족하게 자라지 못했다는 것. 처음으로 선배의 지나온 날들이 궁금했다. 선배가 어떤 시간들을 지나 여기, 낯선 이국에 홀로 와 있는 것인지. 그러니까 우리는 서로 연락은 주고받았지만 친한 사이는 아니었던 것이다.

그날 선배는 꽤 속이 상했다. 표현하지는 않았다. 선배가 통조림 어디 갔어,라고 물었을 때 나는 무심한 척 대답했다.

"응, 선배. 유통기한이 너무 지나서 다 버렸어."

그날 선배는 아무 말 없이 보드카만 들이켰다. 어떤 안주도 없이. 과자 같은 주전부리가 있었는데도 굳이 선배는 깡소주를 마시듯 보드카를 마셨다. 그때의 속 좁았던 나는 버린 나에 대한 시위라고 생각했고, 짜증이 나서 나도 보드카만 벌컥벌컥 들이켰다. 뼛속까지 추위가 스미는, 11월이라 아직 겨울이 아닌 영하 15도의 밤, 모두들 싸늘하게 취했다.

다음 날 오전, 선배는 공항에서 기어이 몽골 음식을 시켰다. 선배는 어젯밤의 추위처럼 싸늘하게 나를 보면서 말했다.

"몽골에 왔는데 그래도 몽골 음식 한 번은 먹어봐야지.

음식에는 이 사람들의 역사가 담겨 있는 건데, 그걸 배우려고 몽골에 온 거 아니야?"

말인즉슨… 옳았다. 그래서 먹었다. 으깬 감자 요리였는데 소스에서 양 냄새가 진하게 났다. 비행기 안에서부터 몸이 가렵기 시작했다. 울란바토르 숙소에 도착해서 보니 엉덩이와 허벅지에 붉은 두드러기가 돋고 있었다. 인천에 도착했을 때는 목까지 두드러기가 올라왔다. 집에 도착하니 얼굴까지 울긋불긋, 사람 형상이 아니었다. 조금만 늦었으면 비행기도 못 탈 뻔한 것이다. 내 인생 최초의 두드러기였다. 그 두드러기는 양고기 탓이었을까, 선배 탓이었을까?

그 뒤로 선배와 조금씩 멀어졌다. 기왕 멀리 있는 사람, 구태여 찾지 않으니 당연스레 멀어졌다. 간혹 마음에 얹혀 있던, 싸늘하게 취한 그 밤이 떠올랐다. 그날 내가 그래서는 안 되는 것이었을까? 그렇지만 선배도 상한 음식을 먹어서는 안 되는데… 선배의 상한 마음을 알 것 같기도 하고, 답답하기도 했다.

그러면서도 못된 나는 몽골 갈 일만 있으면 선배를 찾았다. 선배는 늘 그랬듯 친절하게 최선을 다해 통역이나 여행사를 연결해주었다. 다만 서로 얼굴을 보지는 않았다. 나만 선배 때문에 두드러기가 난 게 아니다. 선배도 나만큼, 아니 어쩌면 나보다 더 내가 불편했던 것이다.

그런 선배가 지난해 한국에 나왔다. 환갑 눈앞에 둔 나는 선배를 극구 구례로 불렀다. 세월이 흐르는 만큼 미안함이 더 커졌기 때문이다.

나와 달리 식성이 까다롭지 않은 선배는 내가 차린 밥상을 정말 맛있게 깨끗이 비웠다. 술꾼인 나를 위해 선배가 사 온 칭기즈칸(몽골의 보드카는 다 칭기즈칸이다. 술병의 모양과 가격만 다를 뿐이다. 선배가 사 온 건 좋은 녀석이었다)을 놓고 우리는 잠시 말을 잃었다. 어디서부터 어떻게 말을 시작해야 할지 난감했다. 나는 사실 선배에게 미안했다. 유통기한 지난 통조림을 짜증 내며 버리는 대신 선배의 지난 세월을 조심히 들여다봤어야 했다. 그게 최소한의 사람에 대한 예의다. 젊은 나는 오만하여 그런 예의조차 알지 못했다. 건배를 하자 했더니 선배가 빙그레 웃으며 대답했다.

"나 술 안 좋아해."

"예전에 많이 마시지 않았어?"

선배와 같이 술 마시러 다니던 시절도 있었다.

"너희들과 어울리고 싶어서 맛도 모르고 그냥 마셨지."

그러고 보니 선배는 독실한 크리스천이기도 했다. 선배의 말에 가슴이 아렸다. 우리와 어울리고 싶어 선배는 좋아하지도 않는 술을 그렇게 마셨던 것이다. 그런 선배가 챙겨온 유통기한 지난 소시지는 우리를 향한 선배의 넘치는 사랑일 수도 있었던 것이다. 뭐라 해야 할지, 낮이 뜨거웠다.

"내가 좀… 이상했지?"

이런! 사과의 선수도 빼앗겼다. 이러면 안 되는데. 먼저 사과했어야 하는데. 아니, 그런데 선배가 이렇게 솔직한 사람이었나?

"아니… 그게… 유통기한이 너무 지나서…"

내가 버벅거리자 선배가 배시시 웃음을 머금었다. 아이처럼 천진한 미소였다. 몽골의 순박한 사람들과 광활한 초원이 선배의 누꺼운 껍실을 벗겨낸 듯했나.

"그러게. 왜 그랬나 몰라. 무엇 하나 버리질 못하고 살아왔네."

무엇 하나, 심지어 유통기한이 10년이나 지난 통조림 하나 버리지 못하고 살아온 데는 이유가 있었을 테지. 술도 마시지 않은 채 보드카처럼 담백해진 선배에게 나는 아무 말도 하지 못했다. 취기가 제법 오른 뒤에는… 했다.

"선배! 버리자! 다 버려!"

선배는 또다시 말갛게 웃었다.

"그래그래."

선배의 그 말간 웃음을 생각하면 지금도 기분이 좋아진다. 무엇을 버려야 할지는 선배만 알고 있겠지. 통조림에는 유통기한이 있지만 관계에는 유통기한이 없다. 선배와 알고 지낸 지 근 30년 만에 나는 이제야 선배를 제대로 보기 시작한 것 같다. 세월이 지날수록 깊어지는, 영 아닌 것 같다가 좋아지는, 그런 관계도 세상에는 있는 것이다. 위스키가 그러하듯이.

나의 블루 공급책

구례 내려와 엄마를 모시기 전, 여행을 자주 다녔다. 삼십 대에는 주로 혼자 다녔고, 사십 대 넘어서는 제자나 친구들 몇몇과 다녔다. 고등학교 교사로 잠시 재직했을 때 만난 제자들과 햇수로 25년째 연을 이어오고 있다. 스승과 제자라기보다 친구라는 편이 더 정확할 것이다.

그들과 학교 있을 때부터 가까웠지만 함께 여행을 다니면서 더 친해졌다. 국내는 물론 몽골, 일본, 영국, 놀이켜보니 참 많이도 다녔다. 아이들이 아직 직업을 갖기 전의 일이다. 취업을 한 이후로는 고작 넷인데도 시간을 맞추기가 여간 어렵지 않다. 구례서 일 년에 두어 번 모이는 것도 쉽지 않을 정도다. 게다가 한 녀석은 최근 아이를 낳았다. 친정엄마와 남편에게 아이를 맡기고 결혼 이후 오랜만에 구례에 왔다. 언제나처럼 내가 마실 블루와 제가 마실 와인을 들고.

내가 블루의 맛을 알게 된 무렵, 외국 유학 중이던 S는 방학 때마다 면세점에서 블루를 사들고 왔다. 명문대학 학비는 여간 비싸지 않다. 부모가 부자도 아니라 유일한 재산인 아파트를 담보로 대출받아 억대가 넘는 학비를 내는 처지였다. 블루 사 온 돈을 주겠다고 해도 S는 막무가내로 받지 않았다.

S가 처음 블루를 사 왔을 때였다. 속초 영랑호 리조트였나, 아무튼 S가 사 온 블루를 들고 떠난 여행길이었다. 뭔데 그리 좋아하냐며, 자기도 맛을 봐야겠다며, S가 위스키 잔을 내밀었다. 한 모금을 마신 S는 부르르 진저리를 치며 못 먹을 것을 먹은 듯 퉤퉤, 혀끝으로 그 아까운 블루를 밀어냈다.

"아우 써. 이딴 걸 대체 왜 마시는 거야?"

S의 2년 후배인 아이들이 잽싸게 잔을 빼앗았다. 후배인 주제에 녀석들은 누나라는 말도 잘 하지 않는다.

"그럼 우리 S는 뭘 마실 텐가?"

우리 S라니! 평소 무뚝뚝하기로 정평이 난, 무뚝뚝하다 못해 건방지고 싸가지 없기로 소문난 녀석들의 말투가 그리 상냥한 것은 오직 하나, 블루 마실 입이 줄어서였다.

"난… 청하!"

S의 말이 떨어지기 무섭게 두 아이가 벌떡 몸을 일으켰다. 두 아이가 그렇게 부지런한 것을 나는 이후로도 본 적이 없다. 녀석들이 내게 배운 말 중에 제일 잘 써먹는 말이 있다.

"삼 보 이상 탑승."

이 아름다운 말은 앞서 말한 야쿠자인지 야쿠자를 돕는 사람인지, 아무튼 정체불명의, 그러나 하는 짓은 분명 야쿠자인 재일교포 2세로부터 들은 말이었다. 그 기이하고 위대하신 재일교포는 심 보 이상 걷는 법이 없었다. 덕분에 일본 체류 내내 나도 삼 보 이상 탑승을 해야 했는데, 해

보니 그런 천국이 없었다. 문학에 관해, 삶에 관해, 술에 관해, 가르친 것이 적지 않은 듯한데, 딴 건 다 잊은 녀석들이 삼 보 이상 탑승이라는 말만은 절대 잊지 않았다. 그런 녀석들이 청하라는 말이 떨어지기 무섭게 엉덩이를 벌떡 일으킨 것은, 저 맛있는 블루를 양보한 S에 대한 최대한의 예의였던 셈이다. S는 이토록 아름다운 존재다.

S에 관해서라면 하루 밤낮 정도는 쉼 없이 떠들 수 있다. 역시 같은 멤버로 몽골에 갔을 때의 일이다. 미국 최고의 명문대학과 대학원을 나온 S는 공부에는 탁월하지만 일상의 일에는 젬병이다. 그러나 절대 뒤로 빼지 않는다. 모범생답게 뭐든 솔선수범하는 친구다. 그 솔선수범이 주로 민폐라는 게 함정이지만.

몽골은 물이 귀하다. 당연히 최소한의 물로 설거지를 해야 한다. 게다가 겨울이라 홉스굴 호수 초입 숙소에서는 물이 얼어 생수로 설거지를 할 수밖에 없었다. 이번에도 S는 기어이 자기가 하겠다고 나섰다. 모두 말렸으나 듣지 않았다. 아이들은 S가 설거지하는 것을 보고 기함을 했다. 숟가락을 흐르는 물에 가만 대고 있었던 것이다. 그 뒤로 게으르기 짝이 없는 두 녀석이 S가 일만 하겠다고 나서면 쌍욕을 하며 저희가 했다. S는 자잘한 일에서 자기를 제외한 것에 빈정이 상했다. 돈 없는 유학생이 비싼 블루도 사 왔는데 마음을 상하게 하면 안 되지! 그래서 내가 일거리를 주었다.

"S. 설마 오이는 씻을 수 있겠지? 껍질은 벗겨야 한다."

S는 자신만만하게 대답했다.

"그럼요!"

잠시 뒤 S가 자랑스럽게 오이를 내밀었다. 뭔가 이상했다. 껍질을 벗긴 오이에서 물이 뚝뚝 떨어지고 있었던 것이다. 고민 끝에 깨달았다. 껍질을 벗기고 나서 물에 씻었다는 것을. 음… 물에 씻은 뒤 껍질을 벗겨야 한다고까지 말을 해줬어야 했나? 그건 직관적으로 누구라도 알 수 있는 것 아닌가?

아무튼 후배들에게 또 야단을 맞은 S는 시무룩, 기가 꺾였다. 그래서 또 일을 주었다. 이번에는 절대 잘못할 수 없는 일로.

"사과 좀 씻어 온나, S."

S가 고개를 갸웃거리며 말했다.

"뉴요커들은 다 그냥 먹는데요?"

후배들이 어처구니없다는 듯 비웃었다. 나는 이해는 했
다. 미국은 가본 적이 없으나 유럽은 여러 차례 가봤다. 그
곳 사람들은 정부의 말을 100퍼센트 신뢰했다. 영국에서
몇 달 머물 때 하숙집 주인이 설거지하는 걸 보고 기겁을
한 적이 있다. 세제 거품이 뚝뚝 떨어지는데 물에 헹구지
않았기 때문이다. 정부에서 주방세제가 몸에 해롭지 않다
고 했다나 뭐라나. 그들은 유기농 과일 또한 씻어 먹지 않
았다. 미국도 비슷한 모양이었다. 그렇지만, 그래도!

"S. 이건 유기농이 아닐 수도 있고, 유기농이라 쳐도 스
티커는 떼야 하지 않을까?"

S는 고개를 갸웃거렸다.

"뉴요커들은 그냥 먹딘데?"

"네가 스티커 떼는 걸 못 봤겠지!"

그러니까 S는, 뉴요커들이 스티커 떼는 것을 보지 못했
던 S는, 과일에 붙은 스티커까지 야무지게 먹어치웠던 것
이다. 우리들은 S를 때로 '하병'이라 부른다. 무슨 말의 약

자인지는 독자 여러분의 상상에 맡기겠다.

그랬던 S는 최고의 회사에서 최고의 지위에 올랐다. 여전히 일상사에는 서툴지만 어느 순간부터 밥도 한다. 결혼 전 집에 놀러 가면 된장찌개나 김치찌개를 제법 먹을 만하게 해서 내놓았다. 밥도 반찬도 S는 공부하듯이 한다. 그러면 어떤가. 하면 됐지. 안 하면 또 어떤가. 밖에서 일만 잘하는데. 돈도 잘 버는데. 언젠가 S가 전화로 하소연을 했다.

"쌤. 우아한 라이프를 즐겨보려고 좋은 집을 구했거든요? 근데 지난주에 집에 몇 시간 있었는 줄 아세요? 네 시간도 안 돼요."

옷 갈아입으려고 몇 번 집에 다녀온 게 전부란다. 그렇게 지독하게 일을 한다. 그런 사람이 어찌 살림까지 잘하겠는가. 아이 낳고 석 달 만에 직장에 복귀한 S는 이유식도 직접 만든다. 아이에게도 최선을 다하고 싶은 것이리라. S는 이렇듯 최선을 다해 살며 꾸준히 우리에게 블루를 공급한다. 저는 청하나 와인을 마시면서. 나의 블루 공급책 S. 사랑힌디!

에필로그

누가, 혹은 무엇이 나를 술꾼으로 만들었을까? 3박 4일 마시는 즐거움을 알려준 김사인 선생? 아니면 술을 들이켜지 않고는 버텨낼 수 없었던 나름 쓰디쓴 인생? 아니, 나를 술꾼으로 만든 건 사람이다.

나는 사람을 좋아한다. 그래야 하는 직업을 갖고 있기도 하다. 소설이란 사람의 이야기니까. 그런데 아직도 사람에게 다가가는 법을 잘 모른다. 모른다기보다 어렵다는 게 더 정확하겠다. 술 없이 말을 시작하고, 술 없이 누군가의 삶 속으로 스며드는 게 나는 이 나이 먹도록 어렵다. 그래서 술을 마신다.

처음부터 술꾼은 아니었다. 재수하던 시절 신촌 독수리다방에서 한 친구를 만났다. 순천고등학교 문예반장을 지낸 친구였다. 나는 순천여고 문예반장이었다. 좁은 동네라 백일장을 다니다 보면 그 지역의 글깨나 쓴다는 친구들을 다 알게 된다. 어느 날 그 친구가 말을 건넸다. 문예반 모임을 같이 하자나. 지도교사에게 물었다가 혼구녕이 났다. 남학생과 여학생이 제과점에서 빵만 먹어도 정학을 당하던 시절이었다. 문예반 합동 모임은 불발되었지만 그 뒤로 서로의 작품을 교환해서 읽었다. 모든 글에는 누군가의 살아온 내력과 마음이 고스란히 담겨 있다. 학교 앞에서 몇 번 만나 원고를 주고받았을 뿐이지만 우리는 어떤 친구보다 서로의 속내를 잘 아는 친구였다.

친구는 연대 국문과에 진학했다. 누가 먼저 연락했는지 기억나지 않는데 아무튼 우리는 연대 앞에서 만났다. 83년이었고, 5월이었다. 80년대 내내 5월만 되면 거리마다 최루탄이 자욱했다. 광주 시민들의 처참한 죽음이 청춘의 순수한 마음을 뒤흔들던 시대였다. 나는 재수생이라 시국에 문외한이었고, 대학생인 그 친구는 입학한 지 두어 달 만에 벌써 운동권 투사가 되어 있었다.

그날 우리가 술을 마셨는지 마시지 않았는지는 기억에 없다. 온통 대학생들 틈에서 학생이 아닌 나 혼자 뻘쭘했던 게 기억난다. 친구가 물었던 것 같다. 술을 마시냐고. 어쩌면 술과 낭만이 함께하는 대학생활의 즐거움을 신나게 이야기하고 난 뒤끝이었을 수도 있다. 나는 단호하게 말했다.

"아니. 술이든 담배든 마약이든, 내 정신을 흐트러뜨리는 그 무엇도 하지 않을 거야. 평생!"

이런 젠장. 그렇게 호기롭게 뱉어놓고는 마약 빼고 다 하고 있네. 내가 나를 배신하는 것, 그게 인생이지 뭐.

얼마 전 그 친구가 구례에 와서 밥을 같이 먹었다. 나는 반주 생각이 간절했으나 친구는 술을 찾지 않았다. 나잇살도 찌지 않은 걸 보니 매우 건전하게 사는 듯했다. 자랑스럽게 밝히자면 그 친구는 오마이뉴스 대표 오연호다. 대학생활의 낭만을 토로하던 친구는 자기관리 철저하게 한 덕에 전투적으로 보수적 세상과 맞짱을 뜨며 잘살고 있는데 정신을 흐트러뜨리는 그 무엇도 하지 않을 거라던 재수생은 술꾼으로 전락했다. 풋풋했던 청춘을 떠올리며 둘이 한참 웃었다.

나를 술꾼으로 키운 건 팔 할은 문창과다. 그 시절 문창과는 주사파가 주류였다. 흔히 아는 그 주사파가 아니라 술 酒 주사파. 술을 마시지 않는 자는 작가가 될 자격이 없는 것처럼 여겨지던 시절이었다. 그래서 술을 마시기 시작했다. 불과 몇 년 전, 친구 앞에서 선언한 것은 까맣게 잊고 (요즘 문창과는 예전처럼 술을 마시지 않는다. 당연히 그래도 작가가 될 수 있다!). 아무튼 자기 작품이 선생과 학생들에게 난도질을 당하면 스스로를 경멸하며 한 잔, 연인과 헤어지면 스스로를 위로하며 한 잔, 누군가 데모하다 잡혀가면 독재정권을 혓바닥으로 짓밟으며 한 잔, 뭐 그런 대학 시절을 보내며 술과 친해지기 시작했던 것 같다. 물론 핑계다. 어쩌면 나는 주류에 서 있고 싶었던 지극히 속물적인 사람이었는지도 모르겠다. 인생도 문학도 독고다이! 홀로 외롭게 기는 깃이라 노상 띠들어냈시만 나는 늘 사람들 속에 있고 싶었던 것 같다.

몇 년씩 술을 마시지 않았던 때도 있다. 수배 중이었을 때, 아이 낳고 몇 년. 술을 마시지 않은 시기에 나는 진짜 홀로 있었고, 그때의 나는 뼛속까지 외로웠다. 마흔 넘어서야 깨달았다. 나를 키운 건 술이 아니라 외로움이었다는 걸. 그런데도 나는 여전히 마신다. 사람이 좋아서다. 술이 몇 잔 들어가면 나도 다른 이들도 솔직해진다. 위선과 가식의 껍데기를 벗고 온전한 나로 누군가와 만나는 것, 나에게는 그것이 술이다.

우리 집 술자리(나는 술을 거의 집에서만 마신다. 대개는 우리 집. 어쩌다 서울에 가면 친한 친구들의 집. 오롯이 우리만 있는, 우리에게만 집중할 수 있는 공간을 좋아해서다)를 모르는 사람이 지켜보면 진저리를 칠지도 모르겠다. 우리의 대화란 대충 이러하다.

"어어? 지금 그거 뭐지? 가식적인 표정인데?"

"내가? 진짜?"

"응. 가끔 왼쪽 입꼬리만 올라가. 근데 가만 생각하니 웃을 때만 그러네. 왜 그렇지?"

우리는 술을 퍼부으며 그 친구가, 혹은 자기 자신이 왜 가식적인지를 연구한다. 답을 찾을 때도 있고, 못 찾을 때도 있다. 찾으면 유레카!를 외치며 축배를, 못 찾으면 연구 과제가 생겼으므로 축배를 든다. 우리 집 술자리에서 참으로 많은 발견이 있었다. 많은 친구가 누구에게도 말하지 못한 상처를 드러내며 울고, 자기를 넘어서기도 했다. 알고 보니 상처 없는 사람이 없었다. 우리에게 술은 자신의 상처는 물론 치졸한 바닥까지 드러낼 수 있게 하고, 그로 인해 사람과 사람의 사이를 친밀하게 좁혀주는, 일종의 기적이다. 술 없이 이토록 솔직할 수 있으면 얼마나 좋으랴. 나는 그만한 용기가 없어 술의 힘을 빌 뿐이다.

며칠 전 한 후배에게 문자가 왔다.

"언니, 뜬금없지만 내 며칠 똥술을 마시면서 생각해보니, 언니랑 눈 뜨자마자 아침에 마시는 술이 세상 달고 맛있어! 일품이여."

서울서 며칠 마신 술을 왜 똥술이라 했는지 정확하게는 알지 못한다. 짐작은 한다. 술을 마셔도 솔직해질 수 없었겠기. 술 마시는 게 일이었겠지. 일로 마시는 술은 술이 아니다. 자기로부터 해방되어 오롯이 자기로 돌아갈 수 있어야 진짜 술이다.

요즘엔 혼술도 한다. 혼술의 역사는 그리 오래되지 않았다. 『아버지의 해방일지』가 느닷없이 베스트셀러가 되면서 강연 요청이 늘었다. 거의 매일 강연이다. 강연을 끝내고 집에 돌아오면 대체로 늦은 밤이다. 간신히 옷만 갈아입은 채 책상이자 밥상이자 술상 앞에 앉는다. 비슷한 이야기를 반복할 뿐인데도 강연은 힘들다. 낯선 사람들과 마주하는 자리이기 때문이다. 일단 모르는 사람 앞에 서는 것부터 힘들다. 내 말이 누군가에게 어떻게 가닿을지 알 수 없으니 매 순간 긴장을 늦춰서도 안 된다. 술자리에서처럼 솔직한 나를 드러낼 수도 없다. 있는 그대로의 나를 모르는 사람들이 있는 그대로 받아줄 거라는 믿음이 없기 때문이다. 나와 전혀 다른 환경에서 다른 경험을 하며 살아왔을 테고 필시 다른 생각을 갖고 있을 사람들에게 나를 이해시킨다는 건 참으로 어려운 일이다. 강연은 그나마 낫다. 강연이 끝나면 더 힘든 시간이 기다리고 있다. 사인을 하고 사진을 찍는.

엊그제 한 제자가 결혼을 했다. 신부 대기실에서 신부가 사진을 찍자고 했다. 여느 때처럼 진저리를 치며 도망치려는데 신부의 한마디가 내 발을 붙잡았다.

"쌤! 찍어요. 이십 년 동안 쌤이랑 찍은 사진이 단 한 장도 없더라구요."

결국 내가 본 중 가장 아름다운 신부와 사진을 찍었다. 이만큼이나 사진 찍히는 걸 싫어한다. 하지만 내 책을 읽고 나를 만나러 온 참으로 고마운 독자들에게 야멸차게 내 솔직한 마음을 드러낼 수는 없지 않은가. 가식적인 미소를 지으며 별수 없이 사진을 찍는다. 밖에서 뒤집어쓴 가식을 씻어내기 위해 나는 늦은 밤, 홀로 술을 마신다. 베스트셀러 작가가 아니라 무엇 하나 잘하는 것 없고 게을러터져서 세상만사 귀찮은 아줌마로 온전히 돌아오면 비로소 하품이 나기 시작한다. 술이 아니었으면 이 시간을 어떻게 견뎌냈을지 아찔하다. 혼술은 조만간 멈춰야겠지만 친구들과 함께 마시는 술까지 끊을 생각은 여전히 없다. 나는 나의 사람들이 좋고, 그들과 바닥까지 솔직해지는 시간들이 좋고, 술은 우리 사이의 윤활유니까.

내가 술꾼이 아니었다면 이 책 또한 세상에 나오지 못했을 것이다. 술이 있어 누군가의 내밀한 이야기를 들을 수 있었고, 그 이야기들이 모여 한 권의 책이 되었다. 이 책에 등장한 대부분의 사람은 아직도 내 곁에 있다. 이 책이 그들에게 혹여 실례가 되지 않으면 좋겠다. 앞서 말했듯 내 기억은 상당 부분 소설적으로 가공된 상태다. 어떤 왜곡이 있었을 수도 있다. 그러니 사실과 다르더라도 너그러이 이해하시길. 이 책을 나의 사랑하는 친구들과 나의 블루와 요즘 나의 벗이 된 참이슬에게 바친다.

마시지
않을 수 없는
밤이니까요

초판 1쇄 발행 2023년 9월 7일
초판 4쇄 발행 2024년 1월 8일

지은이 정지아
펴낸이 신의연
책임편집 이호빈
펴낸곳 마이디어북스
등록 2022년 4월 25일(제2022-000058호)
전화 070-8064-6056
팩스 031-8056-9406
전자우편 mydearbooks@naver.com
인스타그램 @mydear___b

ⓒ 정지아 2023
ISBN 979-11-93289-02-0 (03810)

KOMCA 승인필